PRIMOS S.A.

Enigma en el puente del Naranjo

María Menéndez-Ponte

Ilustraciones
de Claudia Ranucci

sm

Primera edición: mayo de 2019

Gerencia editorial: Gabriel Brandariz
Coordinación editorial: Paloma Muiña
Coordinación gráfica: Lara Peces

Impresores, 2
Parque Empresarial Prado del Espino
28660 Boadilla del Monte (Madrid)
www.grupo-sm.com

ATENCIÓN AL CLIENTE
Tel.: 902 121 323 / 912 080 403
e-mail: clientes@grupo-sm.com

ISBN: 978-84-9182-454-1
Depósito legal: M-7630-2019
Impreso en la UE / *Printed in EU*

A Fernando Mariño González,
un pequeño aventurero que,
en unos años, podrá vivir
las aventuras de Primos S. A.

¡Por fin llegó el verano! Pablo, Verónica, Javier, Diego y Natalia tienen un montón de días por delante llenos de sol, piscina, paseos y excursiones por el bosque... Los cinco primos pasan las vacaciones en una finca cerca de Martín Muñoz de las Posadas, un pueblo muy tranquilo...

¿Tranquilo? Eso es lo que ellos se creen. Luego llegarán los misterios y las aventuras para **Primos S. A.** ¡La mejor agencia de detectives del mundo!

PABLO

Es el científico del grupo, ¡y siempre está inventando algo! Le encanta reciclar cachivaches y fabricar objetos. Aunque muy inteligente, también es un poco despistado. Tiene 13 años, ¡es el primo mayor!

VERÓNICA

Tiene 12 años. Es muy responsable y protectora con su hermano y sus primos, se fija en todo y tiene un oído ultrasónico. Posee un don para los animales y siempre está haciendo fotos.

DIEGO

Es muy inteligente y empático, tiene facilidad para hacer amigos y, a sus 10 años, es todo un experto en historia y civilizaciones antiguas.

JAZZ

Este pequeño yorkshire acompaña a los cinco primos en todas sus aventuras. Salta, juega al fútbol y se baña con todos. ¡Su olfato es primordial para resolver los casos!

JAVIER

Tiene 11 años y muchas ganas de pasárselo bien; por eso habla con todo el mundo y bromea constantemente. ¿Su sueño? Montar un negocio que le haga ganar mucho dinero y ser muy feliz.

NATALIA

Con 9 años, es la pequeña del grupo. Siempre sonriente, reservada y algo miedosa. Su pasión son las plantas: las busca, las identifica y luego crea brebajes que prueba con sus primos, ¡si se dejan!

La excursión en canoa •1

¡Por fin había llegado la Semana Santa! Pablo, Verónica, Javier, Diego y Natalia acababan de llegar a la finca de Martín Muñoz de las Posadas dispuestos a pasar unas emocionantes vacaciones. Los cinco primos no habían podido olvidar el misterio de la casa embrujada que habían desentrañado el verano anterior, y venían con ganas de vivir una nueva aventura. Le habían cogido el gustillo a ejercer de detectives.

Era su primer día y habían planeado una excursión en canoa por el río, que, gracias a lo mucho que había llovido durante el invierno, tenía un gran caudal.

Hacía una mañana esplendorosa.

El sol brillaba con ganas de demostrar a todos que era el astro rey. Y el campo parecía recién coloreado por un pintor impresionista, con una amplia gama de tonalidades.

Los niños iban felices en el todoterreno, sin parar de hablar. Siempre tenían montones de anécdotas y sucesos que contarse. Sus voces revoloteaban de un asunto a otro como los abejorros que volaban de flor en flor.

Con tanta cháchara, el trayecto se les hizo cortísimo.

No se dieron cuenta de que habían llegado al puente del Naranjo hasta que Julia apagó el motor del coche.

Entonces saltaron fuera de él con la rapidez de un saltamontes y, todos a una, se dispusieron a bajar la canoa de la baca.

Verónica contempló maravillada la cantidad de hierba que había brotado desde la última vez que habían estado allí y la explosión de colores del campo.

La ladera por la que tenían que bajar hacia el río era una espectacular alfombra de amapolas y narcisos. Y la de enfrente estaba salpicada de racimos de florecillas malvas.

Las dos parecían querer competir en belleza.

–¡Ay, qué bonito es esto! ¡Cuántas flores! –se entusiasmó Natalia–. ¿Me dejáis...?

–¡Noooo! –saltó Javi.

–¡Pero si no sabes lo que iba a decir! –protestó ella.

–¿Recoger flores y plantas para tu herbario? –corearon sus primos con retintín.

–La Hierbas ha encontrado su paraíso –declaró Javier.

–¡Qué malos sois! –protestó ella.

–No les hagas caso, Natalia. Esta tarde vendremos tú y yo en bici a recoger cuantas flores y plantas te apetezca –le aseguró Julia.

—Yo os acompaño —se sumó Verónica.

Conforme bajaban por la ladera con la canoa a cuestas, sus voces se iban amortiguando debido al murmullo del agua, que se hacía más y más intenso hasta ensordecer el resto de los sonidos.

—¡Qué pasada lo que ha crecido el río desde la última vez! ¡Cómo mola! —exclamó Diego al contemplar de cerca la fuerza con que las aguas bajaban arremolinadas y se precipitaban en una feroz cascada a través de los arcos del puente del Naranjo.

—Con todo lo que ha llovido este invierno, no es de extrañar. Ya podéis tener cuidado —les advirtió Julia—. Hay zonas en las que el río se ha desbordado y ha convertido la chopera en un pantano.

—No te preocupes, mamá, que vamos a estar bien —la tranquilizó Verónica—. Si ya sabes que no hay ningún peligro.

—¿Y seguro que cabéis todos? —preguntó ella, calculando mentalmente el espacio de la canoa para semejante tropel de niños.

—Sí, un poco apretados, pero cabemos —le respondió Diego—. Lo hemos probado en casa.

Verónica les indicó a sus primos el lugar donde posar la embarcación.

—¿No vamos a bajar por la catarata? —preguntó Javier, decepcionado.

—No se puede, Javi. Es muy peligroso: hay muchas rocas y remolinos —le advirtió su prima—. ¿No ves con qué fuerza baja el agua y qué empinado está?

—Pero más adelante hay algunos rápidos que son muy divertidos —trató de consolarlo Diego.

Julia sujetó la canoa hasta que se metió el último y luego la empujó hacia el centro del cauce.

—Os recojo en el pantano dentro de una hora.

—Muchas gracias, mamá —respondió Verónica, sumergiendo la pala en el agua y remando con mucho esfuerzo para tratar de enderezar la canoa.

Se notaba el excedente de peso, pues lo máximo que había cargado hasta el momento eran tres personas.

Pero, una vez encarrilada la embarcación, Verónica volvió la cabeza hacia su madre y levantó la mano para decirle adiós.

Le sorprendió ver a un chico muy rubio, algo mayor que Pablo, apostado encima de una de las rocas de la cascada. Estaba pescando con una pasmosa tranquilidad, como si llevase horas ahí.

«¡Qué raro!», pensó. Unos segundos atrás no estaba, y tampoco lo habían visto bajar. ¿Cómo había aparecido ahí tan de repente?

Claro que aún se extrañó más cuando, después de hundir el remo en el agua un par de veces al unísono con Pablo, se volvió de nuevo a mirarlo y descubrió que ya no estaba.

—¿Habéis visto al chico que estaba pescando junto a la cascada? —preguntó a sus primos.

—¿Qué chico? —se extrañó Pablo.

El resto también negó haberlo visto. Y eso aumentó el mosqueo de Verónica.

—Os juro que hace un momento había un chico rubio pescando encima de aquellas rocas —las señaló—. Pero, en cuanto he vuelto a mirar, había desaparecido. No es posible que se haya esfumado tan rápido, a no ser que sea un transformista.

—A ver si va a ser otro fantasma, como el de la casa embrujada —se rio Pablo—. En este pueblo ocurren cosas muy raras.

—Ay, calla, que bastante tuvimos ya con el del verano pasado —dijo Natalia.

—¿Tú estás segura de que era un chico? —desconfió Javier—. A lo mejor solamente ha sido un espejismo.

—¡Sí, vaya! ¡Ahora estoy loca y veo visiones! —se ofendió Verónica.

—Igual era Jonás, que se ha enterado de que estabas y ha venido a espiarte —se burló su primo.

—¡Ya te vale!, ¿no? Mira que estás pesadito con el tema, Javi. Además, Jonás tiene el pelo castaño, listo.

¡Qué rabia no haber traído el móvil! Pero es que me dio miedo que se me mojara.

Sin avisarlos ni mediar palabra, Pablo hizo palanca con su remo para virar la canoa hasta situarla de frente al puente.

–¿Qué haces, Pablo? ¿No ves que vamos hacia atrás? –le regañó su hermano.

Pero él se limitó a observar la roca que había señalado su prima.

Ladeaba la cabeza a uno y otro lado y hacía guiños con los ojos. Luego volvió a virar la canoa hasta ponerla de cara a la corriente.

–Tal y como está dando el sol, podría haber sido una ilusión óptica –resolvió–. Pero podemos ir a comprobar si hay huellas de zapatos o alguna pista que nos indique si alguien ha estado ahí hace poco.

–¡Me apunto! –se ofreció Javier de buena gana.

–¡Y yo! Estoy segura de que no me lo he imaginado –añadió Verónica, convencida de lo que había visto.

A Diego le hubiera gustado ir también, pero alguien debía quedarse para sujetar la canoa y acompañar a Natalia, la más pequeña de todos.

Verónica y Pablo remaron hacia la orilla y, en un pequeño remanso, Javier consiguió aferrarse a las ramas de un arbusto para evitar que la corriente los siguiera impulsando río abajo.

El primero en saltar a tierra fue Pablo, que sujetó la canoa hasta que lo sustituyó Diego.

Y a continuación lo hicieron Verónica y Javier.

–¡No tardéis! –los exhortó Natalia, que en el fondo sentía un poco de miedo.

¿Crees que Verónica ha sufrido una ilusión óptica?
¿Qué señales te indicarían que ha habido alguien
en ese lugar hace poco?

Las huellas •2

A los dos que permanecieron en la canoa se les hizo eterno el rato de espera. Y ya Diego estaba dispuesto a ir en su busca cuando por fin aparecieron.

–¿Qué? ¿Habéis encontrado alguna señal? –les preguntó intrigado. Quería saber si el chico del que hablaba su hermana existía de verdad o era producto de un delirio, un espejismo o una ilusión óptica.

Verónica les mostró una caja de chicles vacía y medio aplastada, un palitroque partido y una cucharilla metálica de pesca.

–¡Os dije que estaba pescando! –exclamó triunfante, exhibiendo su prueba.

–La cucharilla podría habérsele caído a cualquiera –dijo Pablo.

–¡Sí! ¡Vaya, qué casualidad que estuviera justo donde yo lo vi! –le replicó su prima–. Igual se marchó por eso, porque no encontró la cucharilla y ya no tenía otro cebo para pescar –reflexionó en voz alta.

Diego cogió la caja de chicles y comentó:

—Esto tiene pinta de llevar ahí semanas. Está descolorida por el sol.

—Sí, no es reciente —corroboró Pablo—. De todo esto, lo único que podría ser un indicio es este palitroque partido. Por lo blanca que está la madera, se ve que ha sido pisado hace poco —comentó observándolo con mucho detalle.

—También encontramos dos huellas de zapato —les informó Javier, volviendo a ocupar su sitio en la canoa.

—¿Lo veis? —se animó Verónica mientras ayudaba a acoplarse a su hermano, sentado delante de ella, para dejar sitio a Pablo, que iba en la popa.

—Pero nos extrañó que solo hubiera dos huellas, que no continuaran por la arena —añadió Pablo, que saltó el último a la canoa y la impulsó hacia dentro hincando el remo en la tierra.

—Igual fue saltando por las rocas o pisando la hierba —sugirió Diego.

—No, la hierba estaba intacta, menos una parte que estaba aplastada. Pero no parecía la huella de un zapato: era más grande —le respondió él.

—Y estaba muy cerca de la rocas donde yo vi al chico —añadió Verónica—. Podría ser la cesta de pescar.

—Sí, eso podría ser —asintió Javier—. Pero me parece muy raro que no continuaran las pisadas hasta llegar al camino. Las rocas solo están en el entorno más próximo al río, luego tendría que haber caminado por la arena. A no ser que hubiera cruzado por el agua y hubiera salido por el otro lado...

—Si fuera así, lo habríamos visto —razonó Verónica.

–Bueno. Si lo vemos otro día, le preguntamos si hace atletismo y practica el salto de longitud –comentó Natalia.

Los niños se rieron de su salida mientras la canoa continuaba deslizándose pacíficamente por un agua algo más remansada.

Ese apacible murmullo del agua fue acallado súbitamente por un repiqueteo de cencerros que anunciaba la presencia de un rebaño.

No tardaron mucho en oír la inconfundible voz del Negro; trataba de poner orden en el caos de ovejas que, en ese momento, se apelotonaban para intentar pasar por el estrecho puente. Sus balidos se mezclaban con los ladridos del perro y las voces del pastor.

–¡Eh, Zoilo! –le gritó Javier agitando la mano.

Pero el puente ya quedaba lejos y toda la atención del Negro estaba concentrada en las ovejas. El guirigay que armaban no le permitió escuchar la lejana voz del niño.

Pronto lo perdieron de vista.

–Ya iremos a saludarlo –dijo Pablo al ver la decepción de su hermano.

¡Quién les iba a decir que acabarían siendo amigos de ese pastor que en su primer encuentro se había mostrado con ellos tan rudo y mal encarado!

Y sin duda era mérito de Javier, que había logrado introducirse en su hogar cuando investigaban el misterio de la casa embrujada.

–Agarraos bien, que ahora viene un rápido –gritó Verónica de pronto.

—¡Ualaaa! —chillaron entusiasmados mientras la canoa daba saltos.

—¡Qué divertido! —exclamó Natalia.

—Y eso que, al ser tantos, no va tan rápida —comentó Diego.

—¡Eh, Pablo, haz palanca! ¿No ves que nos estamos torciendo? —le advirtió Verónica.

—Pero si eres tú la que tienes que remar —le replicó él.

—¡Que viene otro rápido! —exclamó Diego.

Pero ya no les dio tiempo a enderezarla y lo pasaron medio escorados.

—¡Aaaaah! —gritaron.

—Casi volcamos —comentó Natalia.

—¡Menudos remeros! —exclamó Javier riéndose.

—Pues rema tú, listo —se picó Verónica—. No es fácil manejar la canoa con tanto peso.

—Vale, pásame el remo —aceptó él.

—¡Sí, hombre, ahora que viene lo fácil! Te lo dejo cuando lleguemos al *Nilo* —protestó su prima.

—¿El *Nilo*?

—Lo llamamos así porque es una zona que está repleta de juncos secos. Ya veréis lo complicado que es pasar por ahí. Más de una vez se nos ha encallado la canoa y hemos tenido que lanzarnos al agua para tirar de ella.

—¡Eh, mirad qué huerto tan chulo! —exclamó Natalia señalando la margen izquierda.

Fíjate bien en ese hombre. ¿Hay algo que llame tu atención?

Un campesino removía la tierra con una azada en medio de aquellos campos verdes. Parecía un cuadro.

—¿Lo conocéis? —les preguntó Pablo.

—No, ni idea —le respondió Diego.

El hombre levantó la cabeza para secarse el sudor, se quedó mirando la canoa como si hubiera visto un platillo volante y salió corriendo en dirección a la casa que había al fondo.

¿Tú qué crees?

Para ser un buen detective hay que lanzar muchas hipótesis y analizar cada una con detalle. Tampoco está de más un poco de intuición. Si quieres probar tus dotes para la investigación, lee con atención las siguientes opciones y contesta cuál te parece la más certera.
¿Por qué crees que el campesino ha salido corriendo?

a) No quiere que los niños lo vean porque está haciendo algo que no debe.

b) Conoce la fama de detectives de los niños y tiene algo que esconder.

c) Es un tipo huraño que huye de la gente.

d) Tenía que hacer algo urgente en la casa y fue pura coincidencia que saliera corriendo en ese momento.

El *Nilo* · 3

La canoa continuó su curso, y el huerto, con la casa del campesino, quedó atrás.

Repentinamente, el cauce del río se internó a través de un túnel formado por árboles y frondosos arbustos que les impedía ver otra cosa que no fuera la exuberante vegetación.

A los niños les fastidió ese cambio de escenario, como si estuvieran viendo una película y la pantalla se hubiera fundido en negro. Les habría gustado poder comprobar si el hombre que había huido volvía o no a salir de la casa.

–¿Os habéis fijado en que también tenía en la frente la extraña mancha en forma de lágrima que hemos visto en otras personas del pueblo? –les hizo notar Verónica.

–¿Has podido vérsela desde tan lejos? –se sorprendió Pablo.

–Ya sabéis que mi hermana tiene rayos X en los ojos y oído ultrasónico –se rio Diego.

–Igual ha salido corriendo para que no se la viésemos –comentó Verónica.

–En ese caso, habría bastado con que bajara la cabeza hasta que hubiéramos pasado –opinó Pablo.

–A ver si descubrimos de una vez a qué se debe esa marca. Yo estoy intrigadísima –comentó Natalia.

–¿Y si nos dejamos caer por ahí y le preguntamos si es de nacimiento o se debe a algún accidente? –propuso Diego.

–A ver si le sienta mal –aventuró su hermana–. Ya has visto que, nada más vernos, ha salido corriendo.

–Igual ha sido por otra cosa que no tenía que ver con nosotros –apuntó Pablo.

–¡Sí, se le estaba quemando el asado en el horno! ¡O le ha dado un apretón!, ¿verdad? –se le ocurrió a Javier, que siempre estaba de broma.

–Yo creo que le ha llegado nuestra fama de detectives y ha huido –afirmó Natalia.

–Entonces es que tiene algo que esconder –concluyó Verónica.

–O igual es como Zoilo, muy celoso de su intimidad –comentó Diego.

–¡Eh, agarraos, que viene otro rápido! –les advirtió Verónica de pronto.

–¡Qué guay! –exclamó Natalia.

Todos rieron mientras la canoa daba botes y el agua les salpicaba.

–Eh, este ha molado. ¿Hay alguno más? –quiso saber Pablo.

–No, ahora viene ya el *Nilo*, así que preparaos para las complicaciones –les informó Diego.

–¿No habrá cocodrilos? –preguntó Natalia.

–Sí, y también hipopótamos –se burló Javier.

–En un pueblo en el que hay hasta fantasmas no sería tan extraño –se justificó ella.

–Toma, Javi, ¿no querías remar? –Verónica le ofreció el remo.

Javi lo aceptó de buena gana. Pero se arrepintió cuando la canoa encalló y empezó a recibir instrucciones contradictorias de todos, especialmente de su hermano Pablo, que llevaba el otro remo. Le estaban volviendo loco.

Desesperado al ver que nada de lo que hacía servía para sacarlos del atolladero en que se habían metido, se quitó la sudadera y se lanzó al agua para tirar de la canoa.

–¡Guau, está helada!

Casi se le para el corazón de la impresión al verse con el agua al cuello y a una temperatura gélida. Parecía llegada de la Antártida.

Para no hundirse del todo, tenía que caminar de puntillas sobre el fango. Y con tan poco apoyo, no resultaba nada fácil arrastrar la canoa.

Mientras intentaba dar una zancada más grande a la vez que tiraba con fuerza de la cuerda... ¡RAS! El pantalón se le rajó de arriba abajo.

Javi sintió que la tela se despegaba de sus piernas y flotaba como si llevara faldones.

Pero, lejos de fastidiarle, le entró un ataque de risa.

Lo mismo que a sus primos cuando vieron aflorar las dos perneras a la superficie.

Era tal el tembleque de la risa que Javi no era capaz de arrastrar la canoa. Así que Pablo, sin pensárselo dos veces, se quitó los pantalones, el jersey y la camiseta y se lanzó también al agua.

—¡Qué horror! ¡Está congelada! —gritó.

—Te lo he dicho —le replicó su hermano.

Con un gran esfuerzo, entre los dos lograron por fin desencallar la canoa, que se encontraba totalmente atorada entre los juncos.

Una vez que la enderezaron, Javier, que estaba ya con tiritona, se agarró al borde de la embarcación para impulsarse dentro de ella.

—¡Eh, Javi, quítate esos pantalones empapados antes de subir o nos vas a mojar! —protestó Verónica.

—¿Quieres que vaya en gayumbos? —preguntó él. Se reía y tiritaba a partes iguales.

—Como si te importara —le respondió ella—. ¡Con la de veces que te has paseado por los alrededores de la casa de la abuela disfrazado con su ropa!

Javi se quitó los pantalones, tal y como le había pedido su prima, pero aun así los mojó a todos, lo mismo que Pablo.

—¡Hala, nos habéis puesto como una sopa! —gritaron Diego y Verónica.

Natalia, en cambio, no dijo nada; estaba demasiado ocupada tratando de coger algo enredado entre los juncos.

—Mirad esto —la niña les mostró un manojo algodonoso de color blanco sucio. ¿Qué creéis que es?

—Un trozo de fregona —dijo Diego sin pensar—. ¡No, de bayeta!

—¿Alguna planta rara? —propuso Pablo mientras miraba a Natalia, la experta en hierbas, para buscar su aprobación.

—Yo creo que es un trozo de jersey —murmuró Javier.

—¡O de tus pantalones! —se rio Verónica.

Aguza tus dotes de observación.
¿Qué puede ser lo que Natalia lleva en su mano?

–Parece lana de oveja –comentó Pablo al examinarla más de cerca.

–¡Qué raro! –se escamó Verónica–. Aquí hay demasiado caudal para que pasen las ovejas. Y nunca he visto ovejas nadando. Igual es otra cosa.

–A lo mejor la ha arrastrado el viento hasta aquí –razonó su hermano.

Los cinco primos observaron y palparon a conciencia aquel embrollo mojado y de tacto suave que tenía todo el aspecto de ser lana.

–Además huele a oveja –comentó Natalia.

–Sí, es verdad –asintió Verónica olfateándola.

–De todos modos, podemos comprobarlo con un microscopio –comentó Pablo.

–Tiene que estar por ahí el que usó Pablo para descubrir cuál de las plumas que recogió Verónica era de la lechuza –respondió Diego.

–Sí, lo dejé en el estante más bajo de la librería del salón, por si teníamos que volver a usarlo –dijo él.

–¡Qué listo es nuestro primo! –exclamó Natalia con admiración.

Pero la conversación concluyó ahí debido a una nueva complicación en ese dificultoso laberinto de cañas resecas, que apenas dejaban hueco para el agua y mucho menos para la canoa. Todavía tuvieron que pasar por diversas penalidades hasta abrirse paso en aquel cañaveral.

Así que todos celebraron emocionados la llegada al embalse, la ansiada meta.

Sentían que habían vivido una aventura digna de Indiana Jones.

–¡Hala, qué pantano tan chulo! –gritó Javier, impresionado–. Mirad, hay gente pescando y todo.

–Sí, son carpas –le informó Diego.

–¡Ostrás, acabo de ver una gordísima! –exclamó Pablo con los ojos fijos en el agua oscura.

Y como Julia aún no había llegado, los niños dieron unas cuantas vueltas por el pantano hasta que vieron aparecer el cuatro por cuatro.

Entonces remaron hacia allí.

Ella, por su parte, salió del coche enseguida, dispuesta a ayudarlos con la canoa.

El robo de corderos · 4

—¿Pero qué os ha pasado? —preguntó Julia, horrorizada al ver a Javier en calzoncillos y sudadera y a los demás tan mojados.

Sin perder tiempo, los ayudó a colocar la canoa en la baca y los apremió a meterse en el coche para que no cogieran frío.

—Ya ato yo sola la canoa —les dijo.

Luego puso la calefacción con el aire a tope mientras los niños se quitaban la palabra para contarle lo sucedido, muertos de la risa. Sobre todo cuando recrearon la escena de los pantalones rajados de Javier.

—¡Qué barbaridad! ¡Vaya aventura! —exclamó ella, sumándose a sus risas—. Pues yo me he entretenido un poco porque, de camino hacia aquí, me he encontrado con Rufi y me ha contado que le habían robado dos corderos.

—¡Vaya faena! —exclamó Diego—. ¿Y sospecha quién puede haber sido?

—Creo que no. Me ha dicho que a ver si le ayudabais a dar con el ladrón.

–¡¡¡Bieeeen!!! ¡Tenemos un nuevo caso para la mejor agencia de detectives del mundo! –exclamó Javier.

–¡Sí, viva Primos S. A.! –gritó Natalia.

–Este pueblo es una mina –se entusiasmó Pablo.

Verónica sacó el rebujo de lana que había guardado en el bolsillo de su vaquero y comentó:

–A ver si esta lana va a ser de los corderos robados.

–¡Ostrís, es verdad! –exclamó Natalia, emocionada ante la perspectiva de haber encontrado una prueba del robo.

–Mira que si ha sido el campesino el que los ha robado y por eso salió pitando, para esconderlos y que no los viéramos –apuntó Diego.

–¿Qué campesino? –preguntó Julia.

Los niños le contaron el episodio.

–Pero, por lo que decís, el *Nilo* queda un poco lejos del huerto. Dudo que el viento haya podido arrastrar la lana hasta ahí –razonó ella.

–Pablo, ¿crees que sería posible averiguar si la lana que encontramos es de los corderos de Rufi? –le preguntó Verónica.

–Supongo que sí, pero habría que hacerlo en un laboratorio. El análisis del ADN es un proceso complejo.

–Entonces habrá que buscar por otro lado –decidió Diego.

–Yo empezaría yendo a la casa del campesino –opinó Javier.

–¡Cómo te gusta fisgar en las casas! –se rio Natalia.

–Es que, de momento, es nuestro único sospechoso –se justificó él.

—¡A ver dónde os metéis! —les advirtió Julia—. ¡Miedo me dais!

—¡Pero si somos unos profesionales! —exclamó Diego con mucho convencimiento.

Su madre se sonrió.

—Lo primero de todo es ir a preguntar a Rufi para que nos dé todos los detalles del robo y ver por dónde tirar del hilo —determinó Verónica.

En eso estuvieron los cinco de acuerdo. De modo que, en cuanto llegaron a casa, los niños se dieron una ducha caliente, se vistieron con ropa seca y se dispusieron a confeccionar un detallado interrogatorio para Rufi.

Pablo se apresuró a sacar de su mochila lo que ellos llamaban «el cuaderno de investigación», una libreta donde iban apuntando las pistas que descubrían, los avances en la investigación e incluso algunos trucos de detectives que iban aprendiendo. Pero lo dejaron a medias cuando oyeron decir a Julia:

—Acabo de meter el lomo en el horno, así que comeremos a las tres.

—¡Ostrás, son las dos menos cuarto! ¡Vámonos pitando! —exclamó Javi.

Cuaderno de investigación

1. ¿Cuándo y cómo se dio cuenta de que le habían robado los corderos?
2. ¿Por dónde llevó a pastar las ovejas ese día?

- Huellas

3. ¿Tenía marcados los corderos para poderlos identificar? ¿Qué tipo de marca?
4. ¿Están todavía los corderos en edad de amamantar?

- Perro

5. ¿Ha habido algún robo de corderos con anterioridad?

- Naves

6. ¿Ha habido robos de otro tipo últimamente?
7. ¿Sospecha de alguien o tiene algún enemigo?
8. ¿Cabría la posibilidad de que los corderos se hubieran perdido?

- Extraños

Los primos no han terminado el cuestionario, pero han apuntado algunas ideas sueltas para completar más tarde. ¿Se te ocurre alguna otra pregunta que pudieran hacer al pastor basándote en esas ideas?

Nuevos robos · 5

Jazz iba al frente de la expedición, moviendo el rabo de alegría por formar parte de la misma.

No le había gustado nada quedarse encerrado en casa mientras los niños iban de excursión en la canoa.

Por eso, en cuanto Diego abrió la verja, salió disparado para evitar que lo dejaran en la finca.

Brincaba como loco de una bici a otra según iban saliendo los niños. Daba la impresión de estar pasando lista.

Y en cuanto estuvieron todos fuera, volvió a su puesto de cabecilla del grupo con la cabeza muy alta, dándose aires de coronel.

–Jazz, que solo eres un yorkshire –le bajó Diego los humos, riéndose.

Pero el perrito lo miró con indiferencia, sin darse por aludido.

–El pobre no es consciente de su tamaño. Déjalo que se crea el mandamás de la pandilla. Míralo, se piensa que es un mastín por lo menos. Es tan ingenuo y tan mono... –lo defendió su hermana.

Jazz ladró muy fuerte, como si hubiera entendido la conversación y quisiera reivindicar su importancia en el grupo. Los cinco niños, divertidos con las reacciones del perro, enfilaron las bicis hacia la granja de Rufi.

Pedaleaban con brío para subir el repecho que tenían ante sí, aspirando bocanadas de aire puro.

Con la llegada de la primavera, tanto la finca como los campos colindantes se habían cubierto de flores que llenaban el aire de aromas silvestres.

Las de la ladera tenían un tono amarillo limón que se intensificaba con los rayos del sol, y brillaban como una melena de oro. Y las de enfrente de la finca habían crecido tanto que les llegaban a los niños hasta los hombros.

Precisamente Julia les había hecho esa mañana una foto preciosa en la que solo asomaban las cinco cabezas.

Apenas habían dado unas pocas pedaladas cuando oyeron el familiar sonido de los cencerros a sus espaldas.

Los niños se pararon en seco para comprobar si se trataba del rebaño de Rufi. Pero enseguida pudieron constatar que eran las ovejas del Negro que regresaban del puente del Naranjo.

—¡Mirad, es Zoilo! —exclamó Javier, exultante de alegría al volver a ver a su amigo—. Vamos a contarle lo del robo de los corderos de Rufi para que vigile bien su rebaño.

–No parece muy contento –comentó Verónica al vislumbrar su ceño fruncido.

Sin embargo, en cuanto los niños se le acercaron, al pastor le cambió el semblante y se le iluminó el rostro con una amplia sonrisa.

–¡Eh, zagales, ya estáis todos de nuevo por aquí! Me alegro de veros.

–También nosotros de haberte encontrado –respondió Javier–. De hecho, te vimos cruzando el puente del Naranjo y te gritamos desde la canoa, pero no nos oíste.

–¿Y visteis a alguien más por ahí? –los ojos negros de Zoilo se agrandaron y brillaron como dos cachitos de grafito recién pulido en su cara tostada por el sol.

–No, ¿por qué lo preguntas? –quiso saber Pablo.

–Bueno, yo sí que vi a un chico muy rubio, algo mayor que Pablo, que estaba pescando –le contradijo Verónica–, pero estos creen que fue una alucinación.

–¿Y eso por qué?

–Es que fue verlo y, al segundo, había desaparecido –respondió ella.

–A ver si ha sido, entonces, el granuja que me ha robado los tres corderos. Pensaba que se me habían perdido, pero los he buscado por todas partes, y ni rastro de ellos. Es muy raro. Si se hubieran despistado, habrían acudido a los balidos de sus madres.

–Vaya, qué mala suerte. No hemos llegado a tiempo de advertirte –se lamentó Diego.

–¿Es que han robado a alguien más?

–Sí, a Rufi –contestaron los cinco al unísono.

—Precisamente íbamos a verlo ahora para que nos contara cómo había sido y poder empezar a investigar —añadió Pablo.

Zoilo frunció el entrecejo hasta que se le hicieron dos surcos que formaron una uve en su frente.

—¿Así que estáis ya haciendo pesquisas? —se interesó.

—Pues sí, hay que dar caza al ladrón antes de que cometa más robos —respondió Javier.

—¿Y no podrían habérselos comido los lobos? —insinuó Natalia.

Sus primos la miraron boquiabiertos, pasmados ante la nueva hipótesis que acababa de lanzar la más pequeña y que hasta el momento no se le había ocurrido a ninguno.

Pero Zoilo se apresuró a negar tal posibilidad.

—¡Quia, eso es imposible! Por aquí no hay lobos. Nunca los ha habido. Y si así fuera, el perro me habría alertado. Tampoco se habrían acercado estando yo. Suelen atacar de noche, cuando no hay vigilancia.

Diego aprovechó la situación para lanzar a Zoilo la primera pregunta del cuestionario que habían preparado para Rufi:

—¿Y dónde crees que han podido robártelos?

—Me da en la nariz que ha tenido que ser en el puente del Naranjo. Ahí se forma un lío impresionante de ovejas. Yo estoy atento para que ninguna se caiga al río, y también el perro anda tras ellas para que no se despisten. Igual aprovechando ese revuelo... Ya lo dice el refrán: «A río revuelto, ganancia de pescadores»; en este caso, del ladrón. Pero llevarse tres corderos sin que ni el perro ni yo nos diéramos cuenta...

Zoilo se rascó su abundante barba negra y su semblante se volvió mohíno.

–Tú no te preocupes, que vamos a pillarle –le aseguró Natalia.

–¿Los tenías marcados? –le preguntó Diego.

–Sí, en la oreja. Pero lo mismo los mata antes de que podáis descubrirlos y los vende a alguna carnicería.

A los niños se les encogió el corazón ante semejante posibilidad. Sobre todo a Verónica, que adoraba esos animalitos tan tiernos y de mirada angelical.

–Pues vamos a tener que ir a un montón de sitios para sacar información –murmuró Diego mientras dibujaba un croquis en su cabeza.

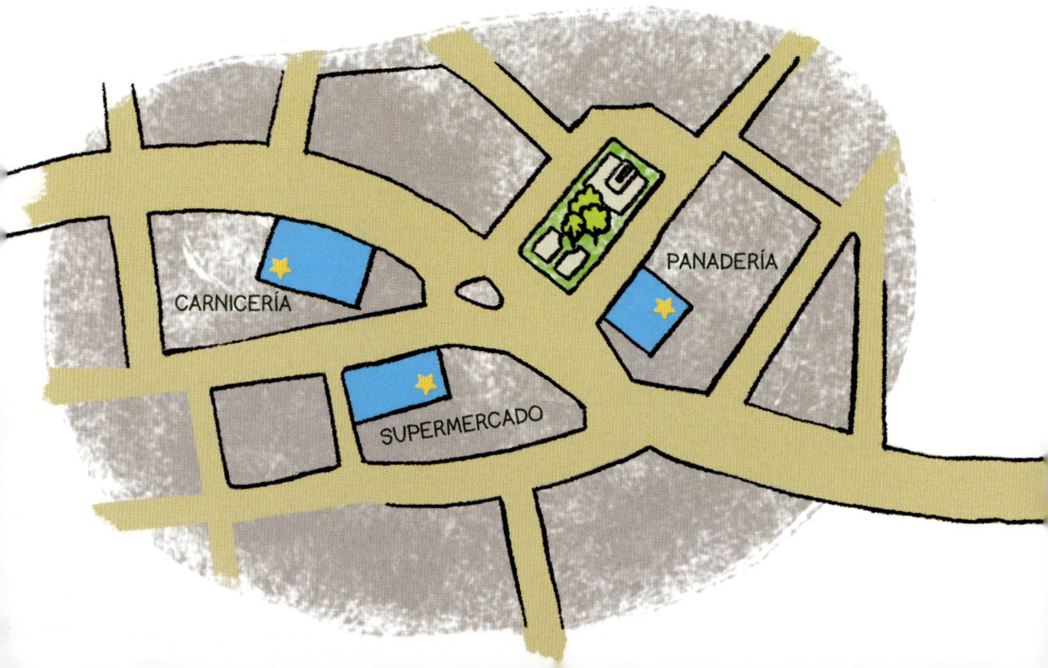

Mira el mapa con atención.
¿Qué sitios crees que visitarán los niños para obtener información, y en qué orden?

El escondite · 6

Después de hablar con Rufi, los niños llegaron a la conclusión de que el robo de sus corderos había tenido lugar la víspera y también se había producido en el puente del Naranjo. El pastor les dijo que todavía mamaban de las madres y estaban marcados. Pero descartaba que se hubieran perdido, ya que en ese caso habría escuchado sus balidos, y el perro estaba siempre muy pendiente de ellos. El pobre estaba preocupado y desconcertado, ya que nunca había ocurrido nada parecido y, desde luego, él no tenía ningún enemigo que supiera.

Los niños estaban seguros de ello, puesto que Rufi era encantador con todo el mundo y muy bien dispuesto a hacer favores.

A pesar de no querer sacar conclusiones precipitadas, todos los indicios apuntaban a que el chico rubio que había visto Verónica no había sido un espejismo, sino el mismísimo ladrón.

Un ladrón muy ágil y muy hábil para esconderse.

Un ladrón que seguramente conocería bien la zona. Un ladrón al que le interesaban los corderos.

De momento, ese era su primer sospechoso.

—¿Qué os parece si Verónica nos describe a ese chico y Pablo dibuja un retrato robot? A lo mejor alguien del pueblo podría reconocerlo y darnos información sobre él —opinó Diego.

—¿Pudiste ver bien cómo era? —le preguntó Pablo a su prima.

—Sí, era muy rubio, con el pelo liso y algo más alto que tú.

—¿Eso es todo? —se desilusionó él.

—Bueno... Es que fue algo muy rápido, visto y no visto. Además, con el reflejo del sol, tampoco pude estudiar a fondo los rasgos de su cara. Pero, vamos, eran normales. Si lo veo, lo reconozco seguro. Fue una pena no haber llevado el móvil para fotografiarlo —comentó señalando el teléfono que siempre llevaba colgado del cuello.

—Pues... solo con eso, no puedo hacer nada —se lamentó su primo.

En vista de que el retrato robot quedaba descartado y ya era la hora de comer, regresaron a casa algo desalentados.

Mientras ponían la mesa, trazaron el plan de la tarde.

—Aunque no tengamos un retrato, deberíamos ir a la panadería para preguntarle a Carmen si conoce a algún chico con el pelo casi blanco de tan rubio —insistió Verónica—. También podríamos averiguar quiénes han llevado hoy a la panadería corderos para asar. Si alguien puede saberlo es ella, ya que todo el mundo va ahí a comprar el pan.

–¿Carmen asa corderos o vende pan? –preguntó Natalia con los ojos como platos.

–¡Las dos cosas! –se rio Verónica al ver la cara de su prima–. Tiene unos hornos de leña fabulosos y asa corderos y cochinillos.

–Algunos compran el pan en el supermercado de Teo –le recordó Diego.

–Pues iremos también –respondió su hermana.

–Además deberíamos hablar con los otros pastores, a ver si les falta algún cordero y, si no, para advertirles de que tengan cuidado al pasar por el puente del Naranjo –dijo Javier.

–¡Uf, se nos acumula el trabajo! –resopló Natalia.

Y, por la seriedad con que lo dijo, todos soltaron la carcajada.

Empezaron la comida informando a Julia de sus planes, por si a ella se le ocurría algo más.

Pero no habían terminado la menestra de verduras cuando oyeron un relincho y las pisadas de los cascos de los caballos al lado de la casa.

–Ya están aquí los gordis –dijo Verónica.

–¡Qué tíos! Parece como si olieran la comida –comentó Javi.

–¿Tenemos zanahorias para darles? –preguntó Diego.

–Sí, he comprado unos cuantos kilos, pero ya veo que van a durar muy poco –comentó Julia, resignada.

Los niños se acabaron la menestra a velocidad de vértigo, engulleron los filetes de pollo con patatas y la

macedonia de frutas, y salieron en tropel de la casa, cada uno con un puñado de zanahorias en las manos.

—¡Eh, Venus, que esto es una *delicatessen*! —le reprochó Javier.

Le indignó ver con qué ansiedad zampaba la yegua, sembrando el suelo de pedacitos de zanahoria que caían de su boca por querer acaparar más trozos de los que podía tragar.

—No te esfuerces, Javi. Es una bruta —le aconsejó Diego—. Ni siquiera mi hermana ha sido capaz de refinar sus modales.

—Mirad, en cambio, con qué educación come Yermita. Es una auténtica dama —comentó ella, orgullosa—. Sí, y también hay para ti —le dijo a Terrumi, la potrilla de Yerma, que no paraba de empujarla por

la espalda con el hocico—. Tienes que aprender a ser tan educada como tu mamá.

—Uf, creo que con ella lo vas a tener crudo —comentó Natalia desde lejos, pues tenía pánico a las cabriolas de la potrilla, que había crecido un montón desde la última vez que había estado en la finca, cuando solo era una recién nacida.

Una vez se acabaron las zanahorias, Diego les expuso un plan para la tarde distinto del de Verónica.

—Yo creo que lo mejor sería ir primero al puente del Naranjo, a ver si pillamos a ese chico antes de que se extienda el rumor de que podría ser quien roba los corderos. Porque, cuando sepa que se sospecha de él, ya va a ser imposible cazarlo con las manos en la masa. Y si de camino vemos a alguno de los otros pastores, les contamos lo que ha sucedido y les preguntamos si también a ellos les han quitado algún cordero. Además, seguro que a la vuelta encontramos a Satur recogiendo su rebaño en el aprisco de la cabaña del río. Después nos vamos al pueblo a caballo para preguntar en la panadería si conocen al chico que vio Verónica y si alguien que no sea habitual ha llevado a asar al horno algún cordero. Y lo mismo en el supermercado y en la carnicería: a ver si algún extraño ha intentado venderles unos corderos.

–¿No nos robarán a Terrumi? –dijo Verónica, preocupada.

–Verónica, una cosa es un cordero y otra una potrilla –le replicó su hermano–. ¡Mira qué tamaño tiene ya! Además, somos un montón para vigilar que no le pase nada. ¡Menudos relinchos daría Yermita si alguien se la llevara! Pero, para que te quedes tranquila, en el pueblo entraré yo solo en las tiendas. Vosotros os quedáis fuera con los caballos.

A todos les pareció bien el plan, así que se dirigieron a la caseta de las bicis, con los caballos pisándoles los talones.

A Jazz lo dejaron esta vez con Julia. Tenían demasiadas tareas y pensaron que podría ser un estorbo.

–¡Ay! ¿Y ahora qué quieren, si ya han comido? –preguntó Natalia, asustada al sentir el hocico de Brownie en su hombro.

–Quieren avena –le respondió Verónica.

–¡Jopé, nunca se sacian! –exclamó su prima, intentando sin mucho éxito apartarse del caballo.

Verónica, al verla apurada, acudió en su ayuda y espantó sin miramientos a Brownie.

–¡Venga, a pastar, que la hierba de primavera tiene muchas vitaminas!

–Ja, ja, ja. ¡Menudo argumento! –se rio Javi.

–Es verdad, nos lo dijo Nacho, el veterinario –le replicó Verónica.

–¿Y crees que te va a entender?

–Los caballos son muy listos. Entienden más de lo que piensas.

¿Tú qué crees?

El principal sospechoso es el chico rubio que solo vio Verónica. ¿Cuál de estos supuestos te parece el más acertado?

a) Es un fantasma.

b) Forma parte de una banda de ladrones.

c) Es un ladronzuelo que actúa por su cuenta.

d) Es un chico que suele ir a pescar al río y nada tiene que ver con el robo.

e) Es familiar de algún pastor de la zona, que lo utiliza para que le dé aviso cuando vea pasar algún rebaño.

Un extraño fenómeno •7

Un poco antes de llegar al puentecillo que desembocaba en la cabaña de Satur, los niños tomaron el camino de la izquierda, que conducía al puente del Naranjo.

Este camino era muy diferente al del ramal derecho, que se adentraba en el bosque donde se encontraba la casa embrujada.

Aquí el paisaje era más variado, con un horizonte amplio y despejado.

A la izquierda del sendero se extendía un inmenso pinar de aroma balsámico, mientras que en la margen derecha unas cuantas encinas y arbustos de distintos tamaños parecían cobrar vida con el paso de las bicicletas, como una coreografía de ballet que se deslizaba hacia una pequeña ladera.

La ladera terminaba donde empezaba el reinado de los chopos, tiesos y en perfecta formación, como soldados dispuestos para la batalla a ambos lados del río, y ahora hundidos en sus aguas debido a la crecida.

Al fondo se alzaba una montaña de cima redondeada donde se encontraba la granja de Toribio, el alcalde.

Los niños iban callados, tratando de ordenar en su cabeza las escasas pistas con las que contaban, mientras los gorjeos de los pájaros les amenizaban el trayecto con esa felicidad de primavera recién estrenada.

—¡Eh, parad un momento! —les dio el alto Verónica.

Esa orden inesperada rompió de golpe la armonía campestre.

Una piña cayó al suelo con un escándalo desmesurado.

Las ramas de los pinos emitieron un ligero crujido. Y las encinas se detuvieron en seco, como si alguien hubiera quitado la música y ya no pudieran seguir bailando.

—¿Qué pasa? —preguntaron los demás, inquietos.

—¡Mirad! —exclamó ella señalando hacia el pinar.

Durante unos segundos, los niños contemplaron extasiados unos destellos que surgían del suelo, como chispitas doradas.

Verónica sacó un par de fotos de ese curioso fenómeno.

Y, acto seguido, como impulsados por un resorte, los cinco primos tiraron las bicis en el camino y fueron a ver de qué se trataba.

Pero, curiosamente, de cerca no eran más que unas piedras blanquecinas y pulidas, parecidas a un huevo de gallina.

—Eso ha sido producto del reflejo del sol —concluyó Pablo.

Sin embargo, los destellos volvían a aparecer un poco más adelante.

Los niños corrieron otra vez detrás de ellos.

Y de nuevo, la decepción de encontrar solo piedras.

—¡Qué pena! Parecían brillantes —se lamentó Natalia acariciando una de ellas.

A Verónica le extrañó que las piedras fueran tan uniformes y que tuvieran esa blancura de terrón de azúcar. Y las fotografió para que quedara constancia de ellas.

Pero, cuando surgieron nuevos centelleos unos metros más adelante, no pudieron evitar correr hacia allí, hechizados por aquel extraño prodigio.

El único que no se movió fue Pablo.

Su mirada iba del cielo a la tierra en movimientos repetitivos, y su gesto era de incredulidad y asombro, como tratando de comprender un fenómeno que iba más allá de lo científicamente demostrable.

Cuando se quiso dar cuenta, el grupo se había alejado de él unos cincuenta metros.

—¡Esperad! ¿Adónde vais?

Echó a correr hacia ellos con miedo de que hubieran caído en algún tipo de trampa y llegó agitado por el esfuerzo, casi sin aliento.

—He estado observando la refracción de la luz, y no es el sol. Creo que esto es obra de alguien que está tratando de engañarnos. Seguramente lo hace con unos espejos.

Los niños miraron inquietos a su alrededor, intentando desenmascarar a la persona que estaba jugando con ellos.

—A ver si su intención es desviarnos de nuestro camino para que no vayamos a investigar al puente del Naranjo mientras roban —comentó Diego.

—Podría ser —respondió Pablo.

En ese momento, un grajo que volaba por encima de ellos emitió unos siniestros graznidos.

—¡Ay, qué miedo! —exclamó Natalia, asustada ante la posibilidad de estar siendo observada por alguien con malas intenciones.

—¡Volvamos al camino! —les ordenó Verónica.

Llegaron a él sin resuello, pero no se detuvieron a coger aire, sino que se subieron en las bicis, dispuestos a salir disparados.

Pero Pablo les dio el alto.

—¡Eh, parad un momento, que parecemos pollos sin cabeza! Creo que ya sé cómo han conseguido ese efecto. No son piedras, sino bolas de mármol blanco con resina y purpurina.

—¿Tú sabes hacer eso? —se asombró Natalia.

Pablo se acercó a uno de los vasos que les colocaban a los pinos para recoger la resina y la vertió sobre la piedra más pulida que encontró. A continuación, le pidió a Natalia su diadema hecha con brillantitos.

—¿Para qué la quieres? —se escamó ella.

—Necesito la purpurina para mi invento. Te tendrás que comprar otra.

Natalia dudó un segundo, pero enseguida cedió. Su curiosidad era más fuerte que su amor por la diadema.

Pablo raspó la purpurina de la diadema y la vertió sobre la resina. Luego volvió a echar más resina por encima y la puso de modo que le diera el sol.

—¡Ahí, va, qué bonito! —exclamó Natalia. Es una piedra mágica. ¿Me la puedo quedar?

—Pues claro. En casa podemos hacer más.

¿Cómo hacer piedras mágicas?

Materiales:

- Piedras de un tamaño aproximado de unos 10 cm x 5 cm
- Resina transparente
- Purpurina de colores

Instrucciones:

1) Coger una piedra lo más pulida posible.

2) Verter por encima una capa de resina transparente.

3) Echar purpurina por encima intentando que esté bien repartida. Puede ser de cualquier color que elijas o combinar varios.

4) Volver a poner resina para asegurar el pegado y dejarlo secar durante al menos ocho horas.

Haciendo cábalas · 8

Pablo los dejó alucinados con su truco, pero ello no aplacó la inquietud que sentían al saberse observados. De modo que hicieron el camino que les quedaba pedaleando con toda su alma, como si alguien los estuviera persiguiendo y tuvieran que temer por sus vidas.

Por fin, el puente del Naranjo, junto al molino de la Irvienza, se irguió ante sus ojos como un resto arqueológico de una civilización que escondía un secreto entre sus piedras.

Cuando llegaron, Verónica se llevó una ligera decepción al no ver al chico rubio de la mañana; albergaba la esperanza de encontrarlo allí pescando.

Los niños se detuvieron antes de cruzar el puente, con la intención de explorar a fondo el lugar donde Verónica decía haber visto al principal sospechoso del robo de los corderos, y dejaron las bicis tiradas al borde de la ladera.

A continuación, bajaron a pie hasta la cascada.

Durante unos segundos, los cinco permanecieron embobados, contemplando la fuerza con que caía el agua y el estruendo que hacía.

Tenía un efecto hipnótico y tranquilizador.

Diego fue el primero en romper ese éxtasis.

—¿Dónde encontrasteis el paquete de chicles, la cucharilla y el palitroque? —preguntó a su hermana y sus primos.

Javier comenzó a saltar de piedra en piedra con la agilidad de una ardilla a fin de mostrarle el sitio exacto.

Verónica fue tras él, pisándole los talones, y se puso a hacer una serie completa de fotografías de la zona que les pudieran aportar algo de luz.

De pronto, tuvo una idea y adelantó a su primo haciéndole un regate para subirse a una de las rocas que estaban dentro del río.

—Espera, Javi. Cronometra lo que pude haber tardado en meter el remo dos veces —le pidió—. Preparado, listo... ¡Ya!

Verónica simuló el movimiento de remar a un lado y a otro.

—Dos segundos.

—¡Perfecto! Es imposible que a ese chico, estando en esta roca, le diera tiempo a marcharse en dos segundos sin que lo viéramos, a no ser que sea Superman. Además, tampoco mi madre lo vio. Como no se volviera invisible...

—¿Insinúas que es un fantasma? —le preguntó Diego.

—O eso, o tiene el don de la invisibilidad —respondió ella.

—Igual es un fantasma de la época en que se construyó el puente —sugirió Natalia—. Imaginaos que murió aquí y se aparece de vez en cuando, como la chica de la curva en la carretera de El Escorial.

—¿Sabéis de qué época es este puente? —preguntó Pablo.

—Será de los romanos —dijo Javier.

—No, en la época de los romanos no remataban los arcos con ladrillos. Este han debido de construirlo a finales de la Edad Media —le contradijo Diego, que estaba muy puesto en historia.

—¿Iba con vestimenta medieval? —preguntó Javi.

—No, iba vestido como nosotros. Llevaba una camiseta amarilla —le respondió Verónica.

—Descartado, entonces, el fantasma —concluyó Natalia.

—No tan rápido —replicó Javi—. ¿Y si fuera un chaval que se cayó del puente en esta época? ¿O que se suicidó? Tenemos que preguntar en el pueblo si ocurrió aquí alguna desgracia.

—No creo que nos lo digan. ¡Con lo poco que les gusta contar este tipo de cosas! Acordaos de la casa embrujada: nadie quería hablar de lo que había ocurrido allí —dijo Diego.

—¿Y si se hubiera metido dentro del río y por eso no lo viste? —insinuó Natalia.

—¿Estás loca? ¿Tú has visto la fuerza con que baja el agua y la cantidad de rocas que hay? Habría aparecido muerto —le replicó su prima.

–Si es ágil, se podría haber escondido detrás de ese arbusto y salir cuando la tía Julia se hubiera marchado –sugirió Pablo.

–Pues, si ha querido esconderse, es que tiene algo que ocultar –dedujo Verónica.

Y, sin más, comenzó a sacar fotos de la roca desde todos los ángulos mientras examinaba a fondo cada centímetro de tierra, cada brizna de hierba y cada flor para ver si encontraba algún detalle que les resultara útil para la investigación.

Estas son las fotos que sacó Verónica.
¿Hay algo que te llame la atención?
Fíjate bien, pues en cada una hay una pista
para seguir avanzando en el caso.

Desaparecido · 9

Verónica se dispuso a visionar las fotos que acababa de hacer mientras los demás seguían peinando la zona.

–¡Eh, mirad esto! –exclamó muy excitada.

Pablo, Diego y Natalia se apelotonaron en torno a la cámara para ver lo que Verónica les quería mostrar.

–Son las mismas piedras de los destellos –comentó Pablo observando con atención la primera foto.

–¿No os extraña que estén dispuestas formando un círculo perfecto? –les hizo notar Verónica.

–Bueno, pudo haberlo hecho un niño jugando. Son unas piedras muy chulas –opinó Natalia.

–¿Y qué me decís de esta otra?

Verónica les mostró otra foto en la que había una piedra con una mancha rojiza en forma de lágrima justo en el centro.

–¡Ostrás! ¡Es la misma mancha que tienen algunas personas del pueblo! –exclamó Pablo.

–¡Jopé, es idéntica! –corroboró Diego.

–¿A que es superraro? –dijo Verónica.

–¿Dónde está la piedra? –preguntó Natalia.

Verónica le indicó el lugar donde había hecho las fotos y Diego la localizó enseguida.

—¡Aquí está! —exclamó.

Fascinado, la cogió con la mano izquierda y frotó la mancha con el dedo índice derecho para comprobar si era barro o estaba hecha con algún tipo de pintura que se pudiera borrar.

—Es como un tatuaje —comentó Natalia, impresionada.

—No me diréis que no es raro de narices —insistió Verónica—. Yo no creo que esto y el círculo de piedras sea obra de ningún niño.

Todos estuvieron de acuerdo en que aquello parecía bastante siniestro.

—Igual son de una secta —insinuó Diego.

—¿Una secta? —Natalia miró a sus primos con cara de terror. No sabía exactamente lo que era una secta, pero le sonaba fatal.

—Ay, puede que tengas razón... Pues entonces, mejor dejar la piedra donde estaba, por si acaso —decidió Verónica—. A ver si, por llevárnosla, nos aparece también la dichosa mancha en la piel.

—¡Menuda ocurrencia! Eso es imposible —dijo Pablo. Le costaba creer todo lo que no tuviera una explicación científica.

—Ya, pues a ver si me explicas por qué tanta gente del pueblo tiene esa misma mancha. ¡Incluso las piedras! En cuanto llegue a casa, voy a mirar a ver si me ha salido alguna... —insistió Verónica.

Y, nada más decirlo, le recorrió un escalofrío por el cuerpo. Aunque peor fue el vuelco que le dio el corazón al levantar la vista y comprobar que no estaban todos.

—¿Dónde está Javier? —preguntó alarmada.

Los demás estaban tan absortos que ni se habían dado cuenta de que no estaba con ellos. Fue precisamente su pregunta la que les hizo notar su ausencia.

Pablo echó un vistazo alrededor y concluyó:

—Seguro que está dentro del molino. Ya sabéis lo mucho que le gusta curiosear casas.

A todos les encajó la deducción que había hecho su hermano y subieron rápidamente hasta el puente de piedra.

Mientras lo cruzaban a pie, iban gritando su nombre:

—¡Javi! ¡Javiii! ¡Javiiii!

Pero no obtuvieron respuesta.

¿Tú qué crees?

Afila tu instinto de detective y di por cuál de estas opciones te inclinarías sobre el paradero de Javier:

a) Está dentro del molino.

b) Ha descubierto al ladrón y este lo ha secuestrado.

c) Se ha escondido para gastarles una broma a los demás.

d) Se ha hecho amigo del sospechoso para tratar de sacarle información.

e) Ha encontrado un escondite secreto.

f) Ha ido rastreando el camino hasta la granja de Toribio.

¡Ha sido el lobo! ·10

El interior del molino estaba completamente vacío.

Con una soledad de siglos.

Podía sentirse incluso el peso de las piedras.

Los cuatro primos se inquietaron al no hallar a Javier dentro de esas cuatro paredes que soportaban un tejado medio en ruinas.

Verónica dio varias vueltas mientras palpaba las piedras con una mano, buscando algún resorte mágico que abriera alguna de esas paredes y les devolviera a su primo.

—Eso solo ocurre en las películas de Indiana Jones —le dijo Pablo al percatarse de su intención.

—¿Y si se lo ha llevado el ladrón de los corderos? —aventuró ella, muy angustiada.

—No seas paranoica, Verónica. Ya conoces a Javi: se habrá escondido —la regañó Diego.

Pero entonces escucharon un aullido.

—¡Es un lobo! ¡A ver si se lo ha comido! —chilló Natalia.

De pronto, la teoría que había sugerido por la mañana sin demasiada convicción, únicamente por aportar una idea diferente, no le pareció descabellada.

¿Y si no había ningún ladrón? ¿Y si fuera el lobo el que se había zampado a su primo y a los corderos?

–Sí, es el lobo de *Caperucita Roja* y el de *Los siete cabritillos*, que se ha quedado con hambre –se burló Pablo.

Pero también los otros se temían una desgracia de ese tipo.

–Podría ser uno de los perros de la granja de Toribio –sugirió Diego, más como un deseo que porque lo pensara realmente, pues lo único que solían hacer era ladrar hasta quedarse roncos.

–El aullido no ha venido de tan lejos –le advirtió Verónica.

—Pues será otro perro cualquiera que esté merodeando por aquí —insistió él.

—¿Y si Javier ha ido hasta la granja de Toribio para comentarle lo del robo de los corderos y, de paso, fisgar su casa? —sugirió Pablo.

—Sí, eso cuadra bien con Javi —asintió Verónica, aferrándose a un palo ardiendo.

Pero ya iban a coger las bicis para ascender por la montaña cuando escucharon otro aullido que claramente provenía del puente.

—¡Ay, qué miedo! —exclamó Natalia, agarrándose al brazo de su prima—. Se lo ha comido y ahora viene a por nosotros.

Pablo colocó sus manos a modo de bocina e hizo unos sonidos como si fueran disparos para ahuyentar al hipotético lobo, perro, o lo que fuera aquello.

—PAM, PAM, PAM.

Diego, por su parte, agarró una estaca que encontró tirada a escasos metros del camino.

Un nuevo aullido los sobresaltó.

—Es Javier —resolvió Pablo, meneando la cabeza y encogiendo los hombros con un gesto que quería decir: «Nos la ha metido doblada».

—¿Estás seguro? —preguntó Verónica, todavía incrédula.

—Segurísimo —respondió él, y a continuación se puso a chillar mientras se encaminaba hacia el río—: ¡Javier, sal de una vez, que te hemos pillado! Sabemos que eres tú.

—Igual se ha escondido en alguno de los arcos del puente sin que nos diéramos cuenta —sugirió Verónica.

Así que volvieron a descender hacia el río, esta vez por la margen del molino. Según lo hacían, el estruendo del agua se iba adueñando del resto de los sonidos y amortiguaba sus voces.

Una vez que llegaron abajo, Verónica se apostó en la hierba tratando de atisbar el interior de los arcos y gritó todo lo que daban de sí sus pulmones:

—¡Venga, Javi, sal! ¡No tiene ninguna gracia!

Pero, después de haber revisado las cinco arcadas a conciencia y comprobar que no estaba en ninguna de ellas, volvió a gritar:

—¡Oye, no hagas el idiota y sal ya! ¿No ves que estamos muy preocupados?

—¡Soy el ladrón de corderos! No me podéis cazar. ¡Jo, jo, jo, jo!

Por mucho que impostara la voz para hacerla cavernosa, esa nueva gansada despejó cualquier duda, ya que no fue capaz de engañar a nadie con ella.

—¡Javi, déjate de tonterías y sal de una vez! —le ordenó su hermano.

—A ver si sois capaces de encontrarme —dijo él, esta vez sin fingimiento.

Los cuatro volvieron a recorrer los arcos en sentido inverso, hacia el molino.

En un instante, la búsqueda había pasado de ser un episodio angustioso a ser un reto divertido.

—Templado, templado...

Fíjate bien. ¿Dónde crees que puede haberse escondido Javier?

—¡Está detrás de la pared del primer arco! —lo descubrió Verónica, gracias a su oído ultrasónico—. La que está pegada al molino.

—Pero si antes hemos pasado por delante y no lo hemos visto —replicó Diego.

—Es que está dentro de la piedra —dijo su hermana, pegando el oído contra ella.

—Caliente, caliente...

—¿Y cómo ha entrado ahí? —preguntó Natalia, anonadada.

—Ahora lo vamos a averiguar —le respondió su prima.

Y salió disparada hasta la edificación del viejo molino, dispuesta a descubrir la entrada secreta por la que se había colado Javier.

Entonces se percató de que en la unión del último arco del puente con la pared del molino había un hueco que antes les había pasado inadvertido.

Verónica se coló de perfil y agarró a su primo.

—¡Te atrapé! —gritó victoriosa.

—Pero os ha costado, ¿eh? —se rio él, muy ufano.

—¡Lo que tú no encuentres! —se rio también ella.

—Seguro que es aquí donde se esconde el ladrón para robar los corderos —dijo Javi.

—Podría ser —aceptó su prima de buen grado—. Pero... ¿dónde los mete? Por aquí no caben, hay que entrar de perfil.

—Los corderitos ocupan muy poco.

—Sí, tienes razón.

Cuando llegaron Diego y Pablo, también quisieron entrar para comprobar el espacio que había.

–¡Qué escondite tan guay! –exclamó Pablo.

–Seguro que aquí se escondían los centinelas en las guerras –comentó Diego, visualizando en su cabeza un ataque sorpresa al enemigo.

La planta vergonzosa •11

La única que no acudió a fisgar el escondrijo fue Natalia.

Despreocupada por completo al haber aparecido su primo, quiso aprovechar ese breve intervalo para recoger algunas hierbas y flores para su herbario y guardarlas en la bolsa de tela que llevaba en bandolera junto con su libro de plantas.

Antes de arrancar cualquier planta o flor, Natalia tenía establecido todo un ritual.

Primero la observaba atentamente.

Luego la olía.

Y, por último, la acariciaba con mimo, como si de ese modo pudiera intuir sus propiedades o fueran a transmitirle algún tipo de secreto que el resto de los mortales desconocía.

Y eso fue lo que hizo también con una planta que enseguida había llamado su atención.

Por la disposición de sus hojas, parecía un helecho, pero su intuición le decía que se trataba de otra planta.

Hipérico
Helecho
Menta
Cardo santo
Romero
Mimosa púdica

Pasó suavemente el dedo a lo largo del nervio central y...

¡Cuál no sería su asombro cuando vio que las hojas se plegaban hacia dentro!

¡Como si fuera cosa de magia!

Natalia, fascinada por el efecto que había tenido su caricia en la hojas de la planta, volvió a pasar el índice de su mano derecha por otro tallo y comprobó que ocurría lo mismo: las hojas se retraían y se cerraban amedrentadas sobre el nervio.

El descubrimiento la maravilló aún más que la vez anterior, y sintió una alegría semejante a la de Edison cuando comprobó que se encendía la bombilla.

–¡Eh, venid a ver esto! –le gritó a sus primos, muy agitada.

Pero ellos estaban demasiado entretenidos buscando algún resto de lana de oveja dentro del cuchitril y haciendo cábalas sobre cómo habría podido el ladrón robar los corderos sin llamar la atención de los pastores ni de sus perros, así que no le hicieron caso y continuaron a lo suyo.

Mientras Natalia esperaba a que sus primos aparecieran, sacó su libro de plantas e hizo un repaso de las fotos hasta dar con la planta que buscaba. Luego lo copió todo en el cuaderno de investigación de Primos S. A.

¿Cuál de estas plantas crees que es la que ha tocado Natalia?

Cuaderno de investigación

Mimosa púdica: es una planta silvestre también llamada vergonzosa, nometoques, mimosa sensitiva, moriviví, adormidera o dormilona. Sus hojas, compuestas por numerosos foliolos, son pequeñas, tienen un largo soporte y apariencia de plumas. Cuando entran en contacto con cualquier cuerpo extraño o, simplemente, por exposición al calor, sus hojas se contraen sobre el tallo. Es un modo de protegerse. Al cabo de aproximadamente treinta minutos, se vuelven a abrir. Florece en verano. Su flor, formada por numerosos filamentos, es rosa y esférica. A menudo se emplea como somnífero, soporífero o sedante.

Florece
en verano
Son como
fuegos artificiales
o el tutú
de una bailarina
ZZZZZZZ

Natalia pensó que, cuando volviera en verano, lo primero que haría sería ir a ver esas flores.

Eran unas pelotitas rosas tan delicadas como el tutú de una bailarina.

Aunque también parecían fuegos artificiales en el momento de estallar en el aire.

—¡Venid enseguida! ¡He encontrado una planta alucinante! —volvió a gritar.

Pero sus primos, que conocían la chaladura de Natalia por las plantas, no le hicieron caso, pues sabían que hasta el hierbajo más birrioso era objeto de su atención.

En vista de que no iban, fue ella a buscarlos.

—¿No me oís? ¡Tenéis que venir rápido! ¡He encontrado una planta mágica! —los espabiló.

—¿Cambia de color al mirarla? —se mofó Javi.

—Algo parecido —respondió ella, sin hacer caso de su burla—. Le pasas el dedo por encima y se cierra, como si se escondiera o le diera vergüenza.

Sus primos la siguieron resignados, pensando que sería una exageración.

—¿Lo veis? Las hojas todavía están plegadas —dijo satisfecha.

Y, para que vieran el efecto con sus propios ojos, volvió a repetir la operación con otra.

—¡Ostrás! —exclamó Pablo, muy asombrado.

—¡Cómo mola! —lo secundó Javier.

—Parece que está viva —comentó Verónica.

—Todas las plantas lo están —replicó Natalia—. Pero esta tiene algo mágico.

Los cuatro quisieron pasar el dedo por las plantas para comprobar el efecto personalmente.

Y luego repetían, al gustarles la sensación.

—¡Pobrecitas! Yo creo que las estamos asustando, ya no se vuelven a abrir —constató Verónica, preocupada al verlas tan mustias. Daban la impresión de haber languidecido.

—No te preocupes: se vuelven a abrir en una media hora —la tranquilizó Natalia.

Y a continuación les leyó la información que había apuntado en la libreta. Mientras, Diego ladeó la cabeza, pensativo. Y de pronto exclamó:

—¡Ya sé cómo hace el ladrón para robar los corderos!

¿Tú qué crees?

Si eres un buen detective, seguro que eres capaz de deducir a qué conclusión ha llegado Diego con todo lo que han descubierto hasta ahora.

a) El ladrón roba los corderos para experimentar con ellos los efectos de la mimosa púdica.

b) El ladrón les da a oler las hojas de la mimosa púdica a los corderos para que no balen.

c) El ladrón cuece las hojas en leche y se lo da en biberón a los corderos para adormecerlos.

d) El ladrón usa la mimosa púdica para defender a los corderos de los depredadores.

Un nuevo sospechoso ·12

–¿En serio? ¿Ya has resuelto el caso? –se admiró Natalia.

–No, eso no –se rio Diego–. Pero estoy seguro de que el ladrón les da de comer a los corderos esta planta para atontarlos y que no balen.

–¡Claro! ¡Tienes razón! ¡Te felicito, querido Watson! –le dijo Pablo, exultante.

–También hay que felicitar a Natalia –intervino Verónica–, porque, si no hubiera descubierto la planta, Diego no podría haber sacado esa conclusión.

–Por supuesto –asintió él.

–Este caso nos lo vamos a ventilar en un pispás –comentó Javier, emocionado.

–Bueno, no te flipes –lo frenó Diego–, que de momento solo tenemos algunas hipótesis. Nos falta cazar al ladrón, o sea, lo más importante.

–Venga, pues vámonos ya a la cabaña de Satur, a ver si a él le falta algún cordero. Y luego, al pueblo –los espabiló Verónica.

Con la puesta del sol, el termómetro bajó repentinamente unos cuantos grados y la agradable brisa de la ida fue sustituida por un vientecillo fresco que a Verónica, Natalia y Diego les hizo añorar la cazadora.

Cuando salieron de la finca hacía calor, así que no imaginaron ese brusco descenso de temperatura al caer la tarde.

Pablo y Javier, en cambio, no acusaron el frío, ya que incluso en invierno solían ir a cuerpo gentil, sin cazadora.

Para entrar en calor, Verónica, que iba al frente de la expedición, pedaleaba a un ritmo frenético, que los demás seguían sin rechistar.

Sin el brillo del sol, las encinas, que quedaban a su izquierda, parecían más dispuestas al recogimiento y la quietud que a la danza ante la proximidad de la noche. Y el verdor de las hojas de la chopera había perdido intensidad y se diluía en tonos más plateados.

Un cuclillo, escondido en alguno de los árboles, les amenizó todo el trayecto con su monótono canto, sin dar muestras de cansancio.

Poco antes de llegar a la cabaña de Satur, escucharon los balidos de las ovejas recogidas en el aprisco para pasar la noche.

–A ver si Satur está todavía –deseó Diego–. Igual se ha marchado ya al pueblo.

–¿Pero no dormía ahí? –preguntó Natalia.

–Solo en verano. El resto del año se va a su casa del pueblo –le respondió Verónica.

Los niños hicieron un último esprint con la esperanza de que aún no se hubiera ido el pastor y llegaron con la lengua fuera.

Pero su esfuerzo tuvo recompensa, porque encontraron a Satur con un corderito en brazos, intentando que agarrara la ubre de una oveja.

–¿Qué pasa, no quiere mamar? –preguntó Pablo, omitiendo un saludo que en ese momento parecía más bien inoportuno.

–Es que su madre ha parido dos corderos y a este lo rechaza, así que estoy buscándole una madre adoptiva.

–¿Y eso es posible? –se extrañó Verónica, que pensaba que la maternidad era algo intransferible en los animales.

–Con aquel lo he conseguido –les señaló uno que en ese momento estaba mamando con glotonería–. Se quedó huérfano porque murió su madre en el parto y enseguida lo ha adoptado la Cándida. Pero con este cordero está siendo más difícil, porque no reconoce el olor de la madre y la rechaza.

–¿Y si le das biberón? –le sugirió Natalia.

–¡*Pa* esas estoy yo! Como tengo poca faena...

–¡Pues se lo damos nosotros encantados! –se ofreció rápidamente Verónica, emocionada ante la posibilidad de criar un corderito en la finca.

–No os lo podéis llevar. Luego tendría problemas de adaptación con el resto del rebaño.

–¿Y si restregamos a la madre biológica con la adoptiva para que le impregne su olor? –comentó Pablo.

Satur se quedó mirando a Pablo, pensativo, antes de contestar:

–Sí que tienes razón, zagal, pero es que tengo mucha faena y eso no puedo hacerlo solo...

–Venga, te ayudamos –se ofreció Javier, acercándose a la oveja que tenía que hacer de madre adoptiva. Ese tipo de cosas le encantaban.

–De acuerdo. Tú y yo sujetamos a la adoptiva boca arriba y vosotros cuatro acercáis la otra hasta ponerla encima –les ordenó.

La operación fue bastante más complicada de lo que los niños habían imaginado.

Las ovejas pesaban más de lo que habían calculado y, sobre todo, resultaba difícil atraparlas, porque forcejeaban con ímpetu ante un acto que las violentaba y que era antinatural para ellas.

Pero, después de tres intentos vanos, por fin lo lograron. Si bien costó calmar a las pobres cuando se vieron libres de nuevo, tal era su estado de nerviosismo.

Ahora solo faltaba convencer a la cría.

Y de eso se encargó Verónica, que tenía un don para los animales.

Primero acarició las ubres de la oveja que lo había parido y, acto seguido, hizo lo mismo con el morro del corderito. Este lamió la mano de Verónica con su pequeña lengüecita.

De nuevo repitió la operación, pero esta vez, antes de ofrecerle su mano al cordero, pidió a Satur que ordeñara a la oveja adoptiva y le dio la leche en el cuenco de su mano.

El corderito trataba de lamer la leche con ansia, pero con nulo provecho.

Entonces, Verónica lo cogió en brazos y lo depositó bajo la oveja adoptiva colocándole la boca en el pezón.

Los demás contuvieron el aliento, expectantes.

Diego tenía una gran fe en su hermana, que siempre sabía cómo ponerles la cabezada a los caballos más nerviosos y cómo tranquilizar a los potrillos. Era la única capaz de ducharlos sin que se revolucionaran.

—¡Está mamando! —exclamaron todos a coro al contemplar el milagro.

—¡Rediez! Si no lo veo, no lo creo. Te voy a tener que contratar! —dijo Satur, muy impresionado.

Verónica contempló cómo mamaba el corderito, satisfecha de su logro, pero con pena de no poder criarlo en la finca con el biberón.

¡Lo que habría disfrutado!

—Por cierto, Satur, ¿a ti te han robado algún cordero? —le preguntó Diego, acordándose de repente del motivo que los había llevado hasta allí.

El semblante del pastor cambió bruscamente, como si un nublado le hubiera arrebatado la alegría de segundos atrás.

—No, ¿por qué lo preguntas? —saltó como un resorte, levantando una ceja.

A Verónica le dio la impresión de que se había puesto a la defensiva, y eso la hizo sospechar.

¿Y si fuera Satur el ladrón de los corderos?

¿No resultaba extraño que tuviera más de un cordero al que rechazaba la madre?

¿Y por qué habría saltado de ese modo si fueran suyos?

¿Y por qué se le había ido de golpe y porrazo la sonrisa, si no tenía nada que ocultar?

—Es que a Rufi y a Zoilo les han robado unos corderos al pasar por el puente del Naranjo, y estamos investigando quién ha podido hacerlo —se apresuró Diego a ofrecerle la explicación.

Satur permaneció callado, frotándose las manos callosas contra los pantalones.

—Pues os agradezco la información. Y ahora os dejo, que me tengo que ir al pueblo.

Y dicho esto, salió de la cabaña seguido por los niños y se metió en el tractor sin despedirse siquiera de ellos.

A pesar de que había dejado de beber como un cosaco, sus modales seguían siendo igual de rudos.

El motor, un poco renqueante al principio, dio dos petardazos y el tractor se puso en marcha con un ruido que parecía los ronquidos de un dragón acatarrado.

Cuando ya había avanzado unos cuantos metros, de pronto sacó la cabeza por la ventanilla y les gritó:

—¡Gracias por la ayuda!

¿Tú qué crees?

¿Cuál de estas razones te parece que puede haber sido la causa por la que Satur se ha puesto a la defensiva?

a) Es el ladrón de los corderos.

b) Teme que lo quieran acusar del robo.

c) Se debe a su habitual recelo y desconfianza.

d) Sospecha que los niños quieran robarle un cordero.

e) No quiere líos con su hermanastro Zoilo.

f) Le preocupa tener que dejar el rebaño solo durante la noche sabiendo que se han producido varios robos de corderos.

Cosa de magia · 13

Durante un instante, los cinco primos permanecieron donde estaban, observando cómo se alejaba el tractor con su traqueteo de viejo cacharro.

–¿No os ha parecido sospechosa la reacción de Satur cuando le contamos lo del robo? –dejó caer Verónica.

–¿Sospechosa por qué? –preguntó Pablo.

–A mí me ha parecido que se ponía a la defensiva, como si tuviera algo que ocultar, y a partir de ahí se ha mostrado muy nervioso. Constantemente se frotaba las manos contra los pantalones.

–Es normal: tendrá miedo de que también le roben a él los corderos –opinó Diego–. Date cuenta de que los deja aquí solos durante toda la noche.

–Solos no. Tiene los dos perros –le recordó Natalia señalando hacia donde estaban los animales.

Ellos ladraron con ferocidad en respuesta a su inesperado movimiento.

Y Natalia avanzó unos pasos para aumentar la distancia entre ella y los perros.

–¡Qué rabia! –exclamó Verónica–. Si no fuera por ellos, habríamos podido ir a fotografiar a los corderos de las madres adoptivas y enseñárselos a Rufi y Zoilo para ver si reconocían a los robados.

–¡Pero si son todos iguales! –opinó Javier.

–Eso te parece a ti, pero seguro que ellos saben diferenciarlos –le replicó su prima–. Además, tienen la marca en la oreja.

–Bueno, dejaos de discusiones inútiles y vámonos, que aún tenemos mucho que hacer –los apremió Diego.

Cuando llegaron a la finca, se dieron cuenta de lo tarde que era al ver las luces del salón y del porche encendidas.

—¡Qué rabia! Ya no vamos a poder ir al pueblo. Es tardísimo —se percató Verónica.

—¡Si solo son las siete! —replicó Javier consultando el reloj.

—Pero en nada se va a hacer de noche, Javi —le respondió su prima.

—Pues llevamos las linternas —sugirió él, enardecido ante la posibilidad de una aventura nocturna.

—A ver si se van a asustar los caballos —insinuó Natalia, que sentía un gran respeto por ellos.

—No creo que mi madre nos deje ir cuando ya está anocheciendo —comentó Diego.

Efectivamente, Julia se negó en rotundo a que salieran a esas horas con los caballos. Otra cosa era en verano, que anochecía mucho más tarde y era la mejor hora para montar, cuando disminuía el calor.

—¡Ni hablar! De noche, el camino está como la boca del lobo y me da miedo que se asusten con un jabalí o una liebre y se os desboquen. Yerma es muy impresionable. Y Polka enseguida la arma por cualquier cosa. Acordaos del día que se escaparon cuando el fontanero se dejó la verja abierta. Los azuzó a todos y no había quien los trajera de vuelta.

—Tienes razón, tía. Mejor vamos mañana —opinó Natalia, aliviada de poder evitar la cabalgada nocturna.

Si queréis, os llevo yo en el coche y, de paso, hago la compra en el supermercado.

—¿De verdad no te importa? —le preguntó Verónica.

—No. Pensaba ir mañana, pero me da igual ir ahora.

—Así llegamos antes —proclamó Natalia, contenta—. Si no, entre coger los caballos y ensillarlos, cuando llegáramos ya estarían las tiendas cerradas.

Javier, en cambio, sintió cierta desilusión al ver cancelada la excursión ecuestre nocturna, pero comprendió que Natalia tenía razón, así que no insistió.

Mientras su madre subía a su cuarto para coger el bolso e ir al baño, Verónica aprovechó para echar

un vistazo rápido a todas las fotos que había sacado durante el día.

—¡Ahí va! —exclamó entre sorprendida y atemorizada.

—¿Qué pasa? —se le acercaron los demás.

Verónica les mostró las fotos que le habían causado semejante impacto.

Se le había descompuesto el gesto.

Y sus pecas resaltaban especialmente sobre la palidez extrema que había adquirido su rostro.

Contempla las fotos y di qué le ha podido causar a Verónica sorpresa y temor al mismo tiempo.

—¿Os acordáis de los destellos? Pues ya no están, han desaparecido de la foto. Y lo más flipante: se ha borrado la lágrima que tenía tatuada la piedra.

—¡Venga ya! Te habrás confundido de foto —le espetó Pablo, quitándole la cámara para comprobarlo por sí mismo.

Pero, una vez verificado, tuvo que admitir que su prima tenía razón.

—¡Jopé, qué miedo! —exclamó Natalia—. Esto es peor que el fantasma de la casa embrujada.

—¡Y tanto! ¿Dónde ha podido ir a parar la mancha roja? —la apoyó su prima, mirando con aprensión si alguno de ellos tenía esa marca en el cuerpo, pues temía que hubiera podido saltar de la máquina de fotos a su piel.

De nuevo hicieron otro barrido, sin comprender cómo había podido ocurrir semejante hechicería.

Aquello iba mucho más allá de una simple secta, más bien parecía cosa de magia negra.

En ese nuevo visionado, a Verónica le llamó la atención otra foto.

—¿Y este collar de cuero? —lo señaló—. ¿Cómo es que se nos pasó la otra vez?

—Por culpa de mi hermano —opinó Pablo, lanzándole una mirada acusadora.

—¿¡Por mi culpa!? —saltó él, ofendido.

—¿Se te ha olvidado que tuvimos que abandonar la búsqueda de las pistas para ir a buscarte a ti? —le recordó Verónica.

—¡Menudo susto nos diste! —corroboró Diego.

Javier esbozó una sonrisita entre pilla e inocente.

–Pues esto habría sido una prueba fundamental –le reprochó Pablo, furioso.

–Se le pudo haber caído a cualquiera –se justificó su hermano.

–Bueno, mañana iremos a ver si sigue ahí –dijo Diego, conciliador.

Y como vio que Julia bajaba ya por las escaleras, añadió:

–No vamos a contarle esto a mi madre. Seguro que le daría mucho miedo y no nos dejaría seguir con la investigación.

Todos estuvieron de acuerdo en que era mejor mantenerlo en secreto.

Un encuentro casual · 14

Cuando llegaron al pueblo, Julia aparcó el coche delante del supermercado y Verónica le dijo:

—Mamá, vamos un momento a la panadería para preguntarle a Carmen si conoce al chico que vi pescando en el puente, y enseguida venimos a ayudarte. Pregúntale tú también a Teo si lo conoce.

La panadería apenas distaba unos cien metros del supermercado; solo los separaba una pequeña placita donde había unos columpios y un tobogán para los niños.

Pero en ese momento los más pequeños estaban ya en sus casas, y los que se encontraban allí eran un grupo de adolescentes bastante numeroso en el que también estaban los gemelos.

—Mira, ahí está tu novio —dijo Javi dándole un codazo a Verónica.

Esta se abalanzó sobre él para taparle la boca, temerosa de que alguien hubiera podido escucharlo.

—¿Eres idiota o te lo haces? —le espetó furibunda—. Haz el favor de mantener tu bocaza cerrada.

Pero no pudo decir más, porque los gemelos los habían visto e iban ya hacia ellos con la alegría reflejada en su rostro.

La de Jonás era una sonrisa contenida por la timidez.

Y la de José era amplia, sin reservas.

—¿Qué pasa, chavales? ¿Otra vez por aquí? —dijo este último dirigiéndose a Pablo, Javier y Natalia, ya que Verónica y Diego iban casi todos los fines de semana, aunque la mayoría de las veces se quedaban en la finca, no subían al pueblo.

—Sí, hemos venido a pasar la Semana Santa —respondió Pablo.

—Y ya tenemos un nuevo caso entre manos —presumió Javier.

—Supongo que te refieres a los robos de corderos. Precisamente estábamos hablando ahora de eso —intervino Jonás.

—Los pastores están desesperados. Primero fueron los de Toribio; luego, los de Rufi, y después, los de Zoilo —añadió José.

—¿A Toribio también le han robado? No lo sabíamos —admitió Pablo, picado en su amor propio por no haber sido el primero en enterarse.

—Pues nosotros tenemos un sospechoso —fanfarroneó Javier, haciendo valer su condición de detective—. Es un chico que...

Verónica le metió un codazo en el costado que casi le atraviesa las costillas.

¿Tú qué crees?

¿Por qué piensas que Verónica le ha dado el codazo a Javier?

a) Teme que diga algo de ella que la ponga en evidencia delante de Jonás.

b) No quiere dar pistas a nadie hasta no pillar al ladrón.

c) Quiere evitar que el rumor de la sospecha llegue a oídos del sospechoso.

d) Acaba de ver al sospechoso.

Javier creyó que su prima le había dado el codazo como un aviso para que no volviera a decir nada de ella en relación con Jonás.

Lo último que podía imaginar era que acababa de ver al sospechoso.

Y que estaba precisamente en ese grupo.

En un principio, Verónica no se dio cuenta de que era el chico del puente, porque estaba sentado en el suelo de espaldas. Pero, al ponerse de pie y darse la vuelta, lo reconoció perfectamente a pesar de que no llevaba la camiseta amarilla de por la mañana, sino una roja y una cazadora vaquera abierta.

—¿Así que tenéis un sospechoso? —quiso confirmar José.

—No... bueno... en realidad... no... —balbuceó Verónica poniéndose muy colorada.

—Que no queréis decirlo hasta no estar seguros, ¿no? —dijo Jonás.

—Sí, claro, un detective no puede ir lanzando bulos hasta no tener la certeza absoluta —acudió Diego al rescate de su hermana.

—Bueno, nos tenemos que ir —tiró de ellos Pablo.

—¿Por qué no os quedáis un rato? —los animó José.

Su hermano gemelo le agradeció internamente la iniciativa.

—Antes tenemos que ir a la panadería —respondió Natalia.

—No, ya no. Al final me ha dicho mamá que iba a comprar el pan en el supermercado —mintió Verónica, todavía más colorada.

Su hermano y sus primos la miraron cada vez más extrañados, sin entender nada.

¿Por qué actuaba de una manera tan rara?

¿Era el nerviosismo de estar cerca de Jonás?

Pero no quisieron contradecirla y fueron a unirse al grupo.

Una mentira muy sospechosa ·15

José presentó a los primos a sus amigos y viceversa.

El último en ser presentado fue el misterioso chico del río.

–Y él es Marcos.

–A ti te vi esta mañana pescando en el puente del Naranjo –le dijo Verónica–. Tuviste que vernos tú también. Íbamos en la canoa.

Su hermano y sus primos se quedaron boquiabiertos.

De golpe y porrazo, entendieron su extraño modo de actuar desde que habían llegado a la plaza.

¡Así que habían dado con el sospechoso de la manera más casual!

–Imposible que me hayas visto. Hoy no he ido a pescar –respondió él, impertérrito.

Verónica sintió que se le desbocaba el corazón al escuchar su mentira, convencida de que estaban muy cerca de descubrir al ladrón.

Pero trató de contenerse para que no se le notara.

Por su parte, su hermano y sus primos se quedaron igual de perplejos al oírle mentir con tanto aplomo.

Porque dos de las cualidades excepcionales que tenía Verónica, además de su oído ultrasónico, eran sus dotes fisonomistas y su portentosa memoria.

Nunca olvidaba una cara que hubiera visto.

Y jamás habían conseguido ganarle al Memory.

Por eso, los cinco primos estaban convencidos de que Marcos mentía.

Solo tenían que averiguar por qué.

¿Sería él el ladrón de los corderos, o simplemente tenía miedo de que lo consideraran sospechoso por haber estado en el lugar de los hechos?

¿Tendría algo que ver con la piedra?

¿Pertenecería también a la secta de la lágrima o lo que quiera que fuera eso?

¿Sería suyo el collar de cuero que aparecía en una de las fotos?

Verónica buscó una manera indirecta de insistir en que lo había visto.

–Supongo que no tienes un hermano gemelo, ¿no?

–Pues no, los únicos gemelos por aquí son ellos –señaló a José y Jonás, sin inmutarse ni darse por aludido.

A Verónica le hubiera encantado rebatir su mentira, pero su prudencia habitual le hizo contenerse.

–Desde la canoa me pareció que eras tú, pero igual, con el reflejo de la luz, no vi bien y era alguien parecido –concluyó.

–Siempre que vengo en vacaciones, suelo ir a pescar ahí; pero precisamente hoy no he ido –se obstinó en la mentira.

A Verónica le asombró su sangre fría. Ella, que era incapaz de mentir, se habría puesto como un tomate y habría empezado a tartamudear o se habría quedado muda.

–¿Entonces no vives aquí? –aprovechó para preguntarle Pablo.

–No, he venido a pasar las vacaciones en la finca de mis abuelos.

–¿Y dónde está la finca? –se interesó rápidamente Javier.

–Si coges el camino de la Dehesa, pasas primero por una granja con vacas; luego, por otra finca muy chula que tiene una chopera y varias edificaciones de color ladrillo...

–¡Es la nuestra! –le informó Verónica.

—¡Entonces, los caballos son vuestros! —exclamó Marcos abriendo mucho los ojos.

—Sí —le confirmó Diego—. ¿Qué pasa? ¿Te gustan?

—Me apasionan. En Inglaterra, donde vivo, practico doma, y los fines de semana trabajo en una granja. Quiero ahorrar para comprarme un caballo.

—Pues a Terrumi no le vendría mal que la domaras, porque cada día está más salvaje —comentó Verónica, risueña, sin acordarse ya de la mentira que acababa de soltar.

—¡Y tanto! —corroboró Natalia.

—Me encantaría domarla. Y si, a cambio, me dejarais montar...

—Pues claro. Ven cuando quieras —le respondió Verónica sin darse cuenta del gesto hosco de Jonás, que se había puesto celoso por la atención que le estaba dedicando a Marcos.

En ese momento le habría encantado ser un jinete experimentado que pudiera deslumbrarla.

Había notado el brillo de sus ojos cuando hablaba de los caballos, y la había visto montar con un trote tan elegante que parecía que bailara con el caballo.

—Pues me paso mañana mismo —recogió rápido la invitación—. A primera hora de la mañana estoy ahí.

—Todavía no nos has dicho dónde vives —le recordó Javier.

—¡Es verdad! Pues tenéis que seguir por esa carretera y, justo antes de cruzar el río, tomáis el camino de la derecha.

—¡El de la casa embrujada! —exclamó Natalia.

—¿Cuál es la casa embrujada? —preguntó él.

—Una de color beis que está un poco antes de llegar a la fuente, entre unas ruinas de piedra —se la situó Verónica.

—¡Ah, ya sé cuál! Paso siempre por delante con la moto. Pero ¿por qué la llamáis la casa embrujada?

—Porque la habitaba el fantasma de Basilio Cabezas —le informó Pablo.

—Pero no te preocupes, porque, desde que resolvimos el caso, ya se ha ido —añadió Diego al ver su cara.

—¿Sois detectives? —se extrañó él.

Javi sacó una tarjeta del bolsillo trasero del pantalón y se la mostró muy ufano.

—Primos S. A. Agencia de detectives —leyó Marcos en alto—. ¡Qué chula! ¿Me la puedo quedar?

—Claro —asintió Javier—. Pero nosotros seguimos sin saber dónde vives tú.

—Creo que yo ya lo sé —intervino Verónica—. Seguro que es la finca que está en lo alto de una loma, al otro lado del río, justo donde desemboca el camino si tomas el sendero de la izquierda cuando se termina el bosque.

—¡Exacto! —confirmó él—. Veo que conoces la zona.

—Hemos ido muchas veces con los caballos.

Jonás estaba cada vez más tenso. Le parecía injusto que, en un instante, ese tío hubiera conseguido mucho más que él en todo un año.

Cuaderno de investigación

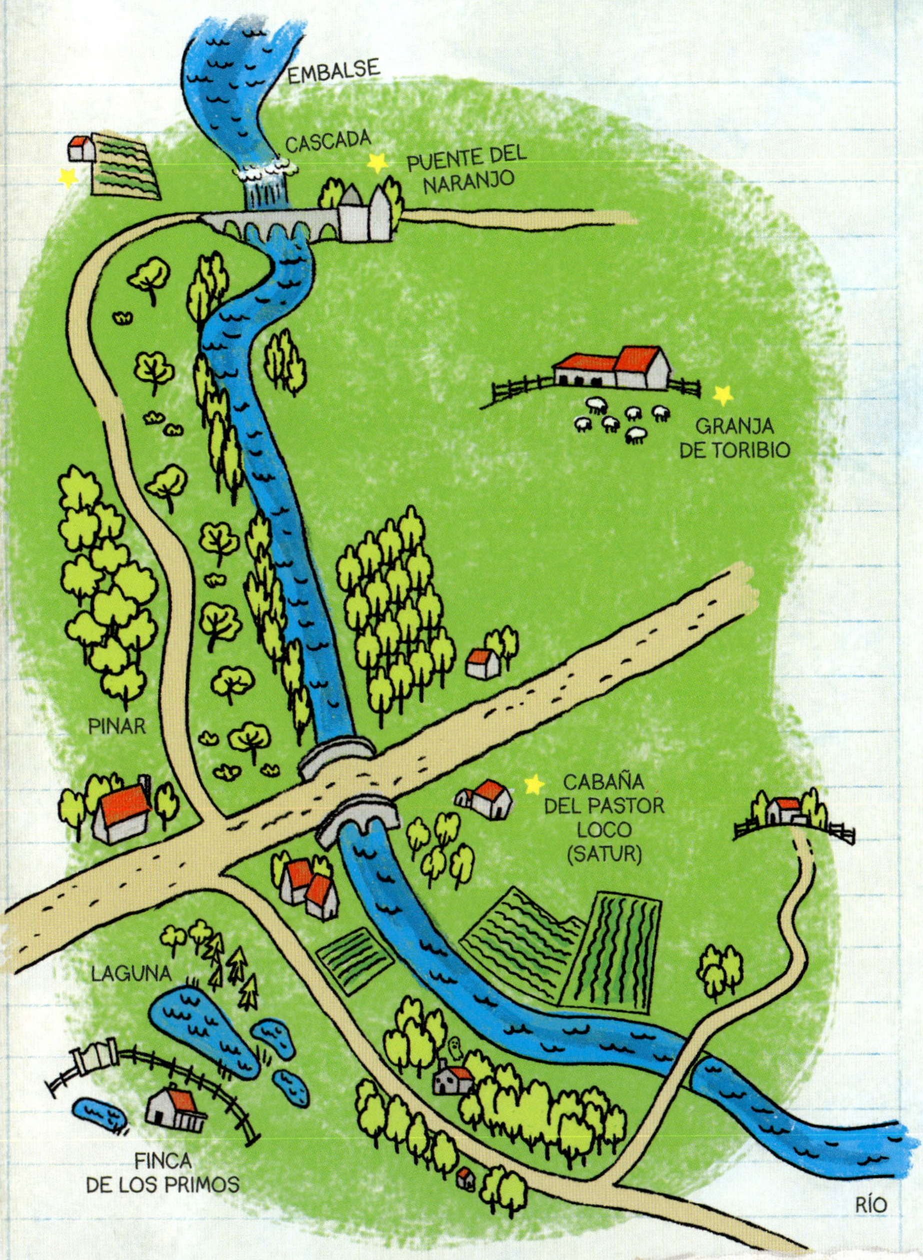

Localiza en el plano la finca de Marcos, siguiendo las indicaciones que les ha dado a los primos.

Nuevas variables ·16

Los cinco primos, que estaban de espaldas al supermercado y completamente embebidos en la conversación, no se percataron de la presencia de Julia hasta oír su voz.

–¡Ya podía esperar a que vinierais a ayudarme!

Verónica se volvió de inmediato.

–Ay, mamá, lo siento. Es que nos hemos encontrado con los gemelos y nos han presentado a sus amigos... –los señaló.

–¿Te ayudamos a cargar la compra en el coche? –se ofreció Pablo, solícito.

–No hace falta. Ya lo ha hecho Teo.

–Bueno, nos tenemos que ir –se disculpó Diego con la pandilla de chavales.

Todos ellos entonaron distintos adioses, más bien parcos.

–Nos vemos mañana, entonces –les recordó Marcos–. Me paso por vuestra finca a primera hora de la mañana.

Jonás volvió a sentir un pellizco de celos en su interior.

Más de una vez había pensado pedirle a Verónica que le enseñara a montar a caballo para tener ocasión de pasar más tiempo con ella, pero le daba vergüenza hacer el ridículo y que Verónica se riera de él porque no tenía ni idea.

Sin embargo, en ese momento sintió ganas de suplicárselo, de ofrecerse como mozo de cuadra o lo que fuera; en definitiva, de ser capaz de decir que también él se pasaría al día siguiente por la finca.

Pero fue incapaz de hacerlo. Su boca parecía sellada.

Y contempló impotente cómo se alejaban, sin saber si al día siguiente volvería a verla, mientras que en su cabeza se sucedían imágenes de Verónica y Marcos compartiendo su pasión por los caballos, riéndose juntos.

–Lo tienes loco –le comentó Javier a su prima en cuanto se hubieron alejado unos metros.

–¿Loco? ¿A quién? –quiso saber Julia, que llevaba siempre la antena puesta.

–¡A nadie! –respondió Verónica malhumorada, entrando como una exhalación en el coche–. Ya sabes lo que le gusta enredar a Javi.

–Natalia, ¿tú crees que me estoy inventando que Jonás está por Verónica? Di la verdad.

–Lo siento, Verónica, pero tiene razón Javi: se le nota muchísimo –dijo Natalia–. El pobre no puede disimular que le gustas.

–Si hasta yo me he dado cuenta de lo fastidiado que estaba mientras hablabas con Marcos –comentó Pablo, que nunca se enteraba de ese tipo de cosas.

–¡Hala, y qué más! Esto empieza a parecer un culebrón. Cualquiera que os oiga... Dejaos ya de chorradas y vamos a lo importante, que es la investigación –declaró Verónica tratando de desviar el tema.

–¿Quién es Marcos? –preguntó Julia a la vez que arrancaba el coche.

–El chico rubio que vio Verónica esta mañana en el río –le informó Diego.

–Aunque él dice que no estuvo ahí –añadió Verónica–. Pero os puedo asegurar que era él, no me he equivocado.

–Te creemos –la tranquilizó Pablo–. Y eso que el tío mintió con un aplomo... ¡Menudo cuajo!

–Pues su mentira lo hace doblemente sospechoso –determinó Natalia.

–Lo que no me cuadra es qué motivo puede tener para robar los corderos si vive en Inglaterra y solo está de paso –apuntó Diego.

–¿Para venderlos y poder comprarse un caballo? –sugirió Javier.

–O igual los roba para sus abuelos –insinuó Verónica.

–O pertenece a esa extraña secta y los utilizan para sus sacrificios –apuntó Pablo.

–¿Qué secta? –preguntó Julia, extrañada.

Pablo se dio cuenta de que había metido la pata hasta el fondo.

Habían acordado no contarle a su tía que habían encontrado una piedra con el mismo dibujo que tenían en la piel algunos lugareños y que este había desaparecido misteriosamente de la foto que había hecho Verónica con su cámara.

–Entre las distintas hipótesis, barajamos que pudiera ser una secta o un clan organizado –acudió Diego a deshacer el entuerto–, porque nos parece difícil que sea obra de una sola persona.

–Ah, pues está bien mirado –asintió su madre–. Resulta difícil creer que unos robos tan extraños, en las propias narices de los pastores, sean obra de una sola persona.

–Bueno, a ver si mañana logramos descubrir por qué Marcos ha mentido, para poder seguir tirando del hilo –comentó Verónica.

Pero, en cuanto llegaron a la finca, Pablo, que seguía empecinado en averiguar cómo esa extraña secta había conseguido esas piedras tan perfectas, con forma de huevo y que emitían destellos, no contento con su experimento de la resina y la purpurina, decidió probar otro truco.

El huevo luminoso

Materiales:

- Un huevo
- Un vaso
- Vinagre blanco
- Puntero láser o linterna

Instrucciones:

1) Meter un huevo en un vaso y cubrirlo con el vinagre. El vinagre actúa desde el primer momento y rodea al huevo en forma de burbujitas que ascienden a la superficie.

2) Dejarlo en reposo, con el vinagre actuando, durante 48 horas. En este tiempo es muy posible que el huevo se mueva.

3) Pasado ese tiempo, sacar el huevo del vaso y lavarlo con mucho cuidado con agua fresca. Comprobaremos cómo la membrana interior tiene un aspecto gomoso hasta el punto de que puedes botar el huevo como si fuera una pelota. ¡Pero no lo hagas desde muy alto o se romperá!

4) Iluminarlo con un puntero laser o linterna para ver su aspecto transparente a la luz.

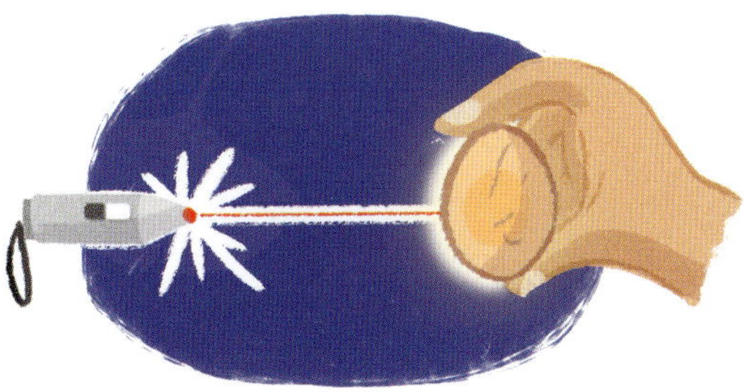

—Pablo, ¿se puede saber qué haces? —le preguntó su hermano al verlo meter el huevo en el vinagre.

—Necesito investigar sobre las piedras que hemos visto. Cuando pasen cuarenta y ocho horas, podréis ver el efecto que creo voy a conseguir.

—Mañana tenemos que levantarnos tempranísimo, antes de que amanezca —le recordó Verónica.

—¿Y eso por qué? Estamos de vacaciones —protestaron los otros.

—¿Ya se os ha olvidado que Marcos se va a presentar a primera hora de la mañana? Y antes tenemos que ir al río para buscar el collar de cuero que vimos en la foto y comprobar si sigue ahí la piedra con el dibujo de la lágrima o si también se le ha borrado el dibujo, como en la foto.

—Pues te quedas tú con él y nosotros vamos al río —decidió Diego.

—¡Qué morro! Me dejáis a mí todo el marrón —protestó ella.

—Verónica, tú eres la que mejor maneja a Terrumi —le replicó él—. Además, si os vais a dar un paseo a caballo los dos, igual consigues que te confiese por qué ha mentido. Las confidencias se hacen mejor a una persona que a todo un grupo.

—Bueno, pero luego no quiero oír ni una tontería de que si está por mí ni chorradas de esas —refunfuñó resignada.

Marcos · 17

Cuando los niños amanecieron, una tenue neblina envolvía el día como un delicado papel de seda.

Eran las nueve de la mañana, y todavía el sol era demasiado débil para destruir ese envoltorio.

Los primos se desperezaron y bajaron a desayunar pitando.

—¡Vamos, daos prisa! —los apuró Verónica—. A ver si Marcos os va a pillar aquí y nos fastidia los planes.

—Me tomo otra tostada con aceite, tomate y jamón y nos vamos —respondió su hermano.

—No seas zampón, no hay tiempo —sentenció ella, empujándolo fuera de la cocina—. Si tardáis un poco más, os encontraréis con él por el camino y le tendréis que dar explicaciones de adónde vais. A ver si se va a pensar que queréis darle esquinazo.

Diego subió las escaleras, resignado a renunciar a su tostada, para vestirse a toda prisa.

—¡Y no os olvidéis de hacerles fotos a las mimosas púdicas! —les recordó Verónica—. Así podremos controlar si faltan o están las mismas que vimos ayer.

A las nueve y media, Diego, Pablo, Javier y Natalia salían de casa camino del río acompañados por Jazz, que brincaba de alegría.

Y a las diez en punto de la mañana, Marcos entraba en la finca.

Verónica escuchó desde dentro el ruido de la moto y salió a esperarlo en el porche delantero, con una bolsa de pan duro para los caballos.

–Buenos días –le dijo al verla, muy risueño.

–Hola –respondió ella, sonriente pero algo cortada.

–¿Y tu hermano y tus primos?

–Se han ido con las bicis –respondió nerviosa.

De pronto, se preocupó por si a Marcos se le pudiera pasar por la cabeza que ella tenía algún interés en él y por eso había largado a los demás.

–¿Y los caballos? –continuó preguntando él, sin dar muestras de extrañeza por la ausencia de los otros.

Verónica se encogió de hombros.

–A saber dónde están. Hoy todavía no han aparecido por aquí. Hay que llamarlos. ¿Sabes silbar?

Marcos se metió en la boca el pulgar y el índice de la mano derecha y emitió un silbido tan penetrante que a Verónica le pitaron un buen rato los oídos.

Pero fue la mar de efectivo, porque enseguida oyeron retumbar los cascos de los caballos al galope.

–¡Sí que eres bueno silbando! –comentó Verónica con admiración–. Normalmente tenemos que acabar gritándoles un montón o bien tocar la bocina del coche, porque nuestros silbidos no son tan potentes.

A los pocos segundos tenían a la manada de caballos a su alrededor, peleándose por el pan que llevaba Verónica en la bolsa.

—Espera, que te ayudo —le dijo Marcos.

Entre los dos repartieron equitativamente los pedazos y, a continuación, se dirigieron a la caseta donde se guardaban los cabezales y las sillas de montar.

Los caballos los siguieron mansamente, pensando que les caería un cubo de avena; siempre que iban allí, albergaban esa esperanza.

Pero Verónica les impidió meter siquiera la cabeza.

A continuación, cogió rápidamente uno de los cabezales y lo escondió detrás de la espalda.

Si Terrumi veía que la iban a sujetar, podía huir en un instante o empezar a dar coces y provocar una estampida.

—¿Tú estás seguro de que vas a poder con Terrumi? Está bastante salvaje —le advirtió Verónica.

—No te preocupes, dame a mí el cabestro.

—¿Llamas así al cabezal? —se sorprendió ella.

—Sí, siempre lo he llamado así.

Verónica se lo pasó y él lo cogió con la mano izquierda y lo escondió igual que ella, tras la espalda.

—No te preocupes, estoy habituado a los potros sin domar —respondió con una sonrisa.

—Por si acaso, cogeré un puñado de avena para tenerla entretenida mientras le pones el... cabestro. Es su primera vez y seguro que se va a poner a dar coces.

–Por eso hay que dejárselo siempre puesto. Únicamente hay que desenganchar la cuerda. ¿Tenéis una larga para darle vueltas en el picadero?

–Sí. En cuanto la tengas sujeta, te la doy.

Verónica se quedó impresionada por la habilidad y la rapidez con que Marcos le puso el cabezal a Terrumi. ¡Si lo hubiera visto Diego!

Tal y como se temía, la potrilla empezó a cocear.

Pero Marcos aguantó el tirón y consiguió que no se soltara.

–Ssssh, tranquila, Terrumi –le susurró Verónica, acariciándola.

La condujeron a la explanada que utilizaban como picadero, con Yerma y el resto de los caballos pisándoles los talones.

Y allí empezó su primera sesión de doma.

Mientras contemplaba la evolución de la potrilla, Verónica pensó que esa soltura y velocidad con que Marcos la había atrapado y la pericia con que la manejaba le serían también muy útiles para robar los corderos y ocultarlos en el escondite secreto del puente. Si además les enchufaba un biberón con las hierbas adormideras para que no balaran, bien podría ser él el ladrón.

Marcos, ajeno a los pensamientos de Verónica, le dio unas cuantas vueltas a la potrilla, primero al paso y luego al trote.

Cada cierto tiempo, le mandaba parar a la vez que tiraba de la cuerda, para que entendiera lo que se esperaba de ella, y la volvía a poner en marcha.

Poco a poco, Terrumi fue comprendiendo las órdenes y haciendo lo que se esperaba de ella, con algún conato de rebeldía.

Al cabo de media hora, Marcos dijo:

—Para ser el primer día, es suficiente.

—Voy a buscarle un terrón de azúcar. Se lo ha merecido —dijo Verónica.

Terrumi se relamió el hocico, pues era la primera vez que probaba semejante golosina.

—¿Qué caballo vas a querer montar? —le preguntó Verónica.

Marcos señaló a Polka, la yegua de más alzada.

—Es preciosa y muy original. Nunca había visto una yegua pelirroja clara y con las crines y la cola negras.

—Le vendrá bien que la montes. Es la más tremenda —le informó ella.

—¿Y tú cuál vas a montar?

—A Lúa. Es la mejor de todas: está muy bien entrenada, incluso sabe hacer doma española. También me gusta Yerma, pero es la madre de Terrumi y tendría que venir con nosotros.

Entre los dos sujetaron a las dos yeguas y las ensillaron.

Mientras lo hacían, Verónica aprovechó para sacar el tema que constituía su cometido principal:

—Entonces, ¿sueles ir a pescar a menudo al puente del Naranjo?

—Sí, casi todos los días. Bueno, excepto ayer... y hoy, que he venido aquí.

—¿Y por qué no fuiste ayer? —incidió ella.

—Porque tuve que ayudar a mi abuelo con el parto de una vaca. El ternero venía con una vuelta al cuello del cordón umbilical.

Lo dijo sin ninguna vacilación y con tanta naturalidad que a Verónica le pareció que no mentía.

Y, sin embargo, cada vez estaba más segura de que él era el chico que había visto. No podía haber otro tan parecido por aquellos lares. Su físico tenía más de sueco que de español.

—¿Y conseguisteis sacarlo sin problema? —continuó con el interrogatorio.

—Costó un poco, fue un parto complicado, pero lo logramos.

—¿Tenéis también ovejas? —continuó ella.

—No, solo vacas.

Verónica descartó mentalmente al abuelo de Marcos como cómplice.

Una vez que salieron de la finca con los caballos, se dirigieron a la laguna que estaba a continuación.

Marcos metió su yegua dentro y animó a Verónica a que hiciera lo mismo con Lúa.

A ella le maravilló que Polka le obedeciera sin rechistar, ya que era muy testaruda; intentaba salirse siempre con la suya.

Y ante el agua, solía recular.

Con ella era difícil hasta cruzar el pequeño arroyo que había junto a la finca del abuelo de Marcos y que apenas les cubría los cascos a los caballos.

Pero este chico era un *crack* en cuestiones equinas y manejaba a Polka como quería.

La metió dentro del agua hasta la rodilla y la hizo cruzar hasta el borde opuesto sin que opusiera resistencia. Parecía encantada con Marcos

Luego la condujo a un campo contiguo y, con gran suavidad, la obligó a hacer una serie de ejercicios de doma.

Verónica, por su parte, le mostró los pasos de doma española que sabía hacer Lúa.

Cómo ganarte la confianza de un caballo y ensillarlo correctamente

Un detective debe estar preparado para todo. Quizá en algún momento solo haya un caballo para poder perseguir a un delicuente. Estos son los consejos para ganarte su confianza.

1) Acércate a él despacio, sin movimientos bruscos, siempre por el lado izquierdo.

2) Acarícialo y háblale con suavidad. También puedes susurrarle en la oreja palabras cariñosas.

3) Si está suelto en el campo, debes cogerlo con el cabezal o cabestro para atarlo a alguna valla o lugar fijo y poder ensillarlo.

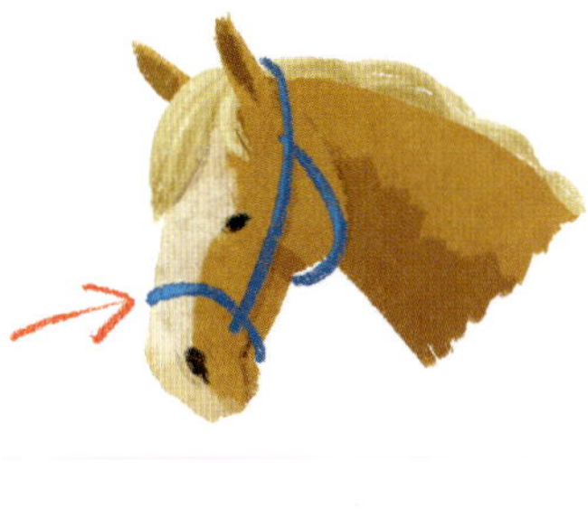

4) Para ponerle el cabestro, debes acercarte por el lado izquierdo muy despacio y acariciarle el cuello antes. A continuación, lo deslizas con mucha suavidad desde el hocico hasta detrás de las orejas.

5) Antes de ensillarlo, pásale la rasqueta o el cepillo por el lomo y el cuello. Eso les encanta.

6) A continuación, le colocas en el lomo la silla, que debe llevar por debajo una manta acolchada incorporada. Esta debe quedar bien estirada, sin arrugas, para que no le moleste.

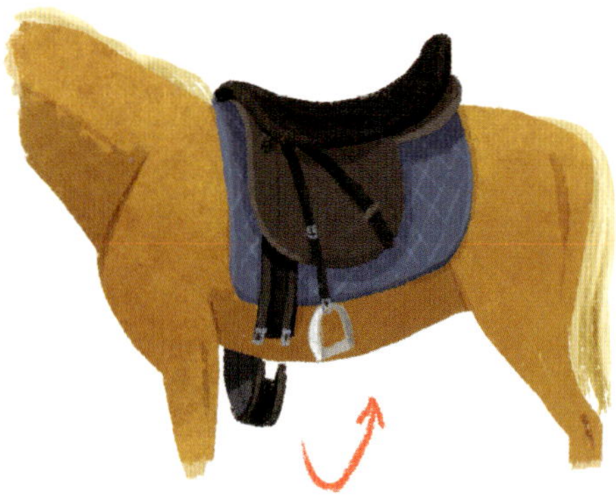

7) Después hay que atar la cincha a la hebilla de la correa que sobresale de un lado de la montura y deslizarla cuidadosamente por la barriga del caballo para atarla al otro lado. Si se monta habitualmente, la cincha se deja ya fija de un lado. Lo mismo que los estribos, que cuelgan de la montura.

8) Finalmente se le ponen las riendas: primero se le coloca el bocado dentro de la boca, por debajo de la lengua, y luego se pasa la cabezada por detrás de las orejas con sumo cuidado.

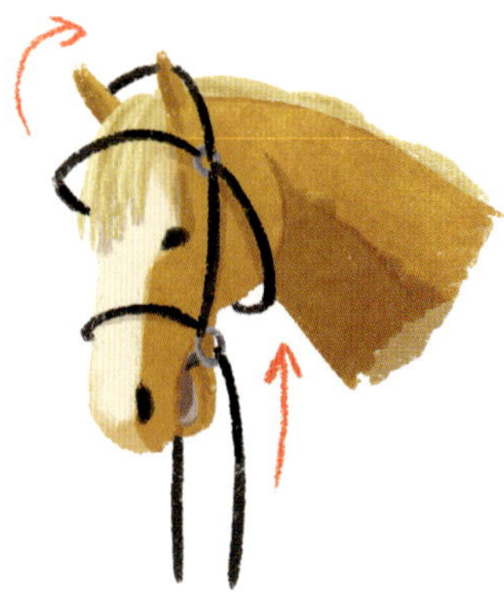

9) Cuando se cincha al caballo, este tiende a hinchar la barriga, por lo que es necesario reajustar la cincha al final del ensillado, pues se habrá aflojado.

10) Por último, hay que ajustar el largo del estribo según la altura del jinete, que deberá montar por el lado izquierdo, poniendo el pie izquierdo en el estribo y pasando la pierna derecha por encima del lomo del caballo hasta sentarse.

¿Tú qué crees?

Verónica tiene un objetivo: saber si Marcos está diciendo la verdad. ¿Por cuál de estas opciones crees que se decantará y cuál elegirías tú?

a) Ponerlo contra las cuerdas y acusarlo de mentir directamente para ver cómo reacciona.

b) Intentar que la lleve a su finca para averiguar si es verdad que estuvo ayudando en el parto de la ternera.

c) Indagar si sabe de plantas y hierbas.

d) Preguntarle si conoce el escondite secreto que hay en el puente.

e) Hablarle de la mimosa púdica para ver cómo reacciona.

¿Podía tener más suerte? •18

La neblina mañanera se había ido haciendo cada vez más fina hasta desaparecer por completo, y el sol brillaba en todo su esplendor. Estaba siendo un paseo la mar de divertido. También la conversación discurría con fluidez. Incluso hubo momentos en los que Verónica se llegó a olvidar de la investigación y de los cabos que faltaban por atar.

Normalmente, cuando salían todos a montar, ella era la que iba al frente del grupo, y eso siempre le generaba cierta tensión. Sobre todo cuando alguno de los caballos se asustaba o se rebelaba y veía que Natalia se ponía nerviosa y lo pasaba mal.

En cambio, con Marcos a lomos de Polka y ella de Lúa, iba totalmente relajada.

Verónica aspiró profundamente el aroma de los pinos recién sangrados, que chorreaban la resina rojiza por el tronco.

Era un olor embriagador que se mezclaba con la fragancia del tomillo y la lavanda y penetraba hasta el fondo de sus fosas nasales.

Ese aroma le resultaba tan agradable y tan intenso que adormecía sus sentidos y le impedía pensar con claridad.

Sabía que tenía que confrontar a Marcos en su mentira, pero lo iba posponiendo.

¡Lo estaba pasando tan bien!

Quizás, ahora que se habían hecho amigos, a la mínima insinuación por su parte, él se atrevería a confesarle que sí había estado pescando en el puente del Naranjo, pero no había querido decirlo por miedo a que alguien lo considerara sospechoso.

Interiormente, Verónica deseaba que fuera así. Le caía bien ese chico.

—Vamos a mi finca y te la enseño —sugirió él, irrumpiendo bruscamente en sus pensamientos.

Su corazón brincó como un cabritillo por los riscos.

¿Podía tener más suerte?

Ya no tendría que ponerse en el brete de llamarlo mentiroso.

Podría comprobar por sí misma si lo que le había contado Marcos del ternero era verdad.

—Me encantaría verla. ¡No sabes la de veces que hemos pasado por ahí en nuestros paseos a caballo!

—¡Pues vamos! —dijo él, poniendo a Polka al galope.

A Verónica se le hizo cortísimo el camino.

Cuando se quiso dar cuenta, estaban cruzando el arroyo de donde arrancaba la pequeña loma en la que se encontraba la finca de los abuelos de Marcos.

Ahí sí que Verónica se acordó de Javier.

¡Lo que le habría gustado poder cotillearla!

Le entusiasmaba conocer casas ajenas y también enseñar la casa de su abuela a las afueras de La Coruña. Constantemente llevaba amigos para hacerles el paseo turístico. ¡Hasta en los baños y el vestuario de la piscina los metía! No dejaba un solo cuarto sin visitar.

La finca era un caserón blanco de planta cuadrada y cubierta de tejas.

Verónica y Marcos descendieron de los caballos y los dejaron sueltos para que pastaran la abundante hierba que había salido esa primavera después de tantas lluvias.

Marcos buscó a su abuelo.

Lo encontró transportando una bala de heno en una carretilla.

—¡Abuelo, espera, que te ayudo! —corrió hacia él.

Al ver a su abuelo, Verónica comprendió de quién había heredado Marcos su pelo tan rubio y sus ojos azules. Pues, aunque ahora lo tenía blanco, se veía que también había sido muy rubio de joven.

—¿Y esta jovencita quién es? —preguntó, observándola con curiosidad.

—Es Verónica. Vive en la finca donde tienen los caballos. Hemos venido cabalgando —dijo él con alegría desbordada.

Verónica esbozó un tímido «hola», deseando poder volver a pasar desapercibida. No le gustaba que toda la atención estuviera centrada en ella.

Menos mal que Marcos agarró la carretilla y los tres echaron a andar hacia los establos.

A Verónica se le iluminó la cara al ver el ternero recién nacido mamando de la ubre de su madre.

—¡Qué monada! —exclamó.

El establo de las vacas olía diferente al de los caballos, una mezcla de heno, leche y boñigas.

Abuelo y nieto se pusieron a recordar el laborioso parto de la víspera, comentando cada detalle.

Su diálogo esfumó cualquier resquicio de duda que pudiera albergar Verónica sobre si Marcos les había mentido.

Pero, a la vez, le creó una mayor confusión.

¿Cómo había podido ver a alguien idéntico a Marcos, aunque con otra camiseta, pescando en una de las rocas del puente del Naranjo?

¿Tú qué crees?

¿Cuál de las posibilidades que baraja Verónica te parece la más probable?

a) Ella tiene el poder de visualizar personas que está a punto de conocer.

b) Lo ha confundido con un chico muy parecido a Marcos.

c) Los de la secta de la lágrima proyectaron un holograma de Marcos para hacer recaer en él las sospechas.

d) Marcos pertenece a esa secta y está metido en el juego.

e) Fue una alucinación o una ilusión óptica provocada por el sol, tal y como decía Pablo.

Más sucesos extraños ·19

Cuando por fin Marcos regresó a su finca, los cinco primos, encerrados en el cuarto de los chicos, pudieron ponerse al día y contarse mutuamente las pesquisas realizadas.

–¡Han desaparecido las piedras! –le informó Javi a Verónica.

–¿Las del río? –preguntó ella, muy impresionada.

–Todas –respondió Diego–. También las del pinar. No hemos encontrado ni una.

–¡Ostrís, pues sí que es raro!

–Yo estoy cada vez más convencido de que detrás de esto hay una secta con mucho poder –comentó Pablo.

–Pues os vais a quedar alucinados cuando os diga que Marcos dice la verdad: no estuvo pescando, sino ayudando a su abuelo con el parto de una vaca. Pude confirmarlo al ir a su finca.

–¿Y cómo es que fuiste hasta allí? –preguntó Javier con cierta envidia.

–Lo propuso él. Tuve una suerte inmensa.

—¡Vaya, pues nos hemos quedado sin el principal sospechoso! —se lamentó Natalia.

—Y yo estoy ya medio loca. No dejo de pensar cómo he podido verlo en el río, porque estoy convencida de que era él —insistió Verónica—. Hasta he pensado que podría ser un holograma proyectado por esa secta para hacer recaer las sospechas sobre Marcos... Igual quieren los corderos para sacrificarlos.

Los otros cuatro intercambiaron una mirada enigmática que a ella no le pasó desapercibida. Pero, antes de que pudiera preguntarles nada, Diego se apresuró a decir:

—¡Eso encajaría con los corderos que creímos ver nosotros!

—¿Cómo que creísteis ver?

—Pues igual que te ocurrió a ti con Marcos. Los vimos un instante y, al segundo siguiente, ya no estaban ahí —le respondió su hermano—. También Jazz los vio, porque fue disparado hacia ellos ladrando como loco.

—¡Vaya! Esto parece cosa de brujas —comentó ella—. ¿Y dónde los visteis?

—En el camino, muy cerca del puente.

—¿Cuántos eran? —volvió a preguntar.

—Unos ocho o nueve, no estamos seguros —respondió Javier—. Es que fue como un destello: visto y no visto.

—Pues sí que se está complicando el caso —resopló ella—. Y eso que Javi pensaba que nos lo íbamos a ventilar en un pispás.

De súbito, Pablo, como si hubiera perdido interés por la conversación, cogió un CD, lo abrió y le quitó las tapas de papel, dejando únicamente el plástico.

–Eh, ¿qué haces con el CD de mi madre? Es su preferido. Si se lo rompes, ¡te ahorca! –protestó Diego.

–¿Queréis ver cómo proyecto un holograma? –preguntó Pablo.

–¿¿¿Quéééé??? –se sorprendieron todos.

–¿De verdad puedes hacerlo? –inquirió Natalia, mirando a su primo con una admiración ilimitada.

Pero Pablo no respondió, sino que se limitó a consultar algo en su móvil y, luego, a manipular la carcasa transparente del CD.

Los otros cuatro se quedaron atónitos al ver reflejada la imagen de una persona en la carcasa de arriba en forma de holograma.

–¡Pablo, eres un genio! –exclamó Verónica con tanta admiración como la de su prima.

–Bueno, este es un holograma casero –respondió con modestia–. El de ellos es bastante más complicado.

–Vale, pero ¿qué hacemos con suponer que utilizan hologramas? –preguntó Javier, algo celoso por la atención que había suscitado el truco de su hermano.

–Nada –le respondió Pablo–. De momento solo tenemos una hipótesis de que la de la secta, o lo que sea eso, proyecta hologramas para despistarnos, pero no tenemos ni sospechosos, ni las pruebas que habíamos recabado, ni hilos por donde tirar –constató Pablo.

–¿Y el collar de cuero? –preguntó Verónica.

–El collar sí lo hemos encontrado.

Hacer un holograma

Materiales:

- Una carcasa de CD transparente y muy limpia
- Un teléfono móvil con una imagen sobre fondo negro.

Instrucciones:

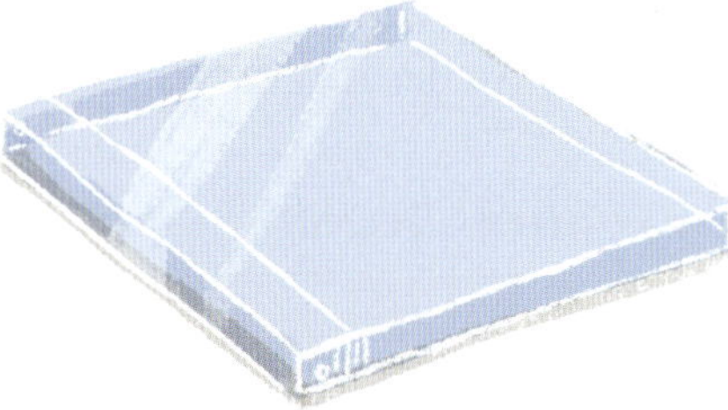

1) Limpiar muy bien el plástico transparente de la carcasa.

2) Abrir la carcasa en un ángulo de 90º aproximadamente.

3) Apoyar el móvil en la carcasa de abajo con la imagen sobre negro hacia arriba. La imagen se verá proyectada en la tapa de arriba en forma de holograma.

Javi se lo sacó del bolsillo y se lo mostró: una cinta ancha de cuero de la que pendía un nudo con dos argollas de metal gris oscuro.

–Bueno, al menos tenemos una pista –comentó ella.

–Se le pudo haber perdido a cualquiera. No necesariamente tiene que pertenecer al ladrón –replicó Pablo.

–¿Y el escondite secreto? ¿Lo habéis registrado a fondo? –siguió indagando Verónica.

–Nada. No hemos encontrado ninguna pista que nos sirva –respondió Natalia.

–¿Habéis hecho fotos a las mimosas púdicas para comprobar si faltaban plantas?

Los cuatro hicieron un gesto espontáneo de haber olvidado por completo el encargo de Verónica.

–¡Ay, no nos acordamos! –confesó Javier.

–Es que la imagen de los corderos nos trastornó por completo. Fue tan raro... –se justificó Natalia–. Los buscamos por todas partes, ¡y nada!

–Bueno, al menos ahora me entendéis –comentó Verónica–. Llegué a pensar que veía visiones, que tenía una especie de poder que me permitía visualizar a alguien a quien luego iba a conocer. Me estaba volviendo paranoica con el tema.

–¿Y qué vamos a hacer? ¿Por dónde vamos a tirar para seguir investigando? –preguntó Natalia.

–Se me ha ocurrido una idea para averiguar a quién pertenece el collar. Quizá eso nos lleve a dar con el sospechoso –respondió Javier.

¿Tú qué crees?

¿Qué idea crees que se le ha ocurrido a Javier para descubrir al dueño del collar?

a) Poner un anuncio en la panadería:
«Se busca al dueño de este collar».

b) Ir preguntando por el pueblo a la gente si saben de quién es el collar.

c) Ir con el collar puesto a la placita donde se reúnen los chicos del pueblo, para ver si alguno lo reclama.

d) Poner por distintas partes del pueblo carteles con fotos del collar y un texto donde se dice que el dueño llame al teléfono que aparece en el anuncio para recuperarlo.

El collar de cuero ·20

A Javier no le dio tiempo a decir qué idea se le había ocurrido para averiguar quién era el dueño del collar, porque justo en ese momento el padre de Verónica y Diego, que acababa de llegar de Madrid, los llamó para que le ayudaran a descargar el montón de bolsas que traía de un hipermercado.

Durante la comida, Verónica acaparó el grueso de la conversación y les contó con todo detalle cómo era la finca de los abuelos de Marcos.

–Tienen unos establos enormes. Y la casa también es bastante grande. Aunque solo vi el salón, el comedor y el cuarto de Marcos.

–Pues yo le habría pedido que me enseñara toda la casa –intervino Javier, desilusionado por la falta de atrevimiento de su prima.

–Ya, no hace falta que nos lo jures –comentó ella, resignada a sus fricadas.

Y a continuación pasó a describir aquello que más le había llamado la atención.

–Tienen una chimenea gigante hecha con unos maderos rústicos supertochos –señaló la anchura con las manos–. Y en la pared de encima, una colección de platos de cerámica, por lo menos treinta.

Luego pasó a contarles el arte que tenía Marcos con los caballos: cómo había sido la primera lección de doma de Terrumi y la pericia con la que manejaba a Polka.

–A su lado, yo soy una aprendiz –les aseguró.

–Huy, huy, huy. Verónica se ha enamorado de Marcos –canturreó Javier para picarla.

–Deberías dedicarte a guionista de culebrones o comentarista de programas del corazón –se la devolvió ella.

Pero la llegada de las torrijas que había traído el padre de Verónica y Diego hizo que no volaran los cuchillos.

–¡Mmmmm, qué pinta tienen, tío Carlos! –exclamó Natalia mirándolas con ojos golosos.

–He estado toda la mañana cocinándolas –dijo él muy serio.

–Sí, claro. Ya conocemos tus dotes culinarias –se rio Verónica.

Todos sabían que su padre era incapaz de cocinar ni un huevo frito, pero en cambio era especialista en encontrar las pastelerías donde hacían las mejores torrijas y en comprar un pan específico para que las hiciera Julia. No concebía la Semana Santa sin este manjar.

Los niños las devoraron en un pispás y, con el último bocado aún en la boca, pidieron poder levantarse de la mesa.

–¿De modo que acabo de llegar y ya me abandonáis? –se quejó Carlos.

–Pero si, total, ahora te vas a echar la siesta –replicó Verónica dándole un beso.

–Es que estamos investigando los robos de los corderos –se justificó Diego.

–¿Andáis ya con otro caso entre manos?

–Sí, pero que te cuente mamá, que tenemos prisa –le respondió su hija.

Los niños salieron disparados en dirección a la caseta de los aperos, que distaba unos treinta metros de la casa.

Allí Javier pudo contarles por fin su idea:

–Se me ha ocurrido que podíamos ir al pueblo, a la plaza donde se reúnen los chavales. Si yo llevo puesto el collar de cuero que encontramos, y es de alguno de ellos, lo reclamará o hará algún comentario que nos pueda servir de pista.

—¡Cómo te gusta disfrazarte! —le recriminó su hermano.

—Pues no es mala idea —aprobó Verónica.

—Y, de paso, nos enteramos de si ha habido más robos —añadió Diego.

Acordaron ir en las bicis porque, aunque el trayecto así resultaba más largo y fatigoso que a caballo, no tenían que estar pendientes de ellos y podían estar más a su aire.

También decidieron no llevar a Jazz en esta ocasión, ya que el camino del pueblo tenía muchas cuestas y era demasiado para él. Sobre todo teniendo en cuenta que ya, por la mañana, había hecho unos cuantos kilómetros.

Así que, sin más demora, cogieron las bicis y se marcharon sin hacer ruido al pasar por delante de la casa, para no llamar la atención del perro y que no despertara a Julia y Carlos con sus ladridos.

Ignoraban que Jazz continuaba hecho un ovillo desmadejado junto a la chimenea, feliz de poderse echar una buena siesta. Incluso, al ver que los niños se marchaban, se había limitado a abrir un ojo y levantar una oreja. Pero no había hecho ni el menor amago de querer ir tras ellos. Estaba reventado.

En la primera cuesta arriba, a los cinco les iban pesando las torrijas que se habían zampado y pedaleaban resoplando.

Por eso sintieron cierta envidia al ver la levedad de una codorniz que se les cruzó en el camino, con unos saltitos que daban la impresión de que el suelo estuviera hecho de un material elástico.

La codorniz desapareció en un campo de girasoles y los niños prosiguieron el camino, animados por los arrullos de alguna tórtola, el reclamo de una perdiz o el alboroto de una colonia de grajillas.

En la siguiente cuesta arriba, una bandada de pájaros los adelantó en una perfecta formación en uve.

Los cinco niños contemplaron maravillados la perfección con la que avanzaban, sin romper en ningún momento la alineación, hasta que los perdieron de vista.

–¿No os parece extraño que los pájaros puedan volar formando una uve tan perfecta? –comentó Natalia, pensando que aquello podría ser otra señal de la secta.

Pero enseguida Pablo echó por tierra la ilusión que se había hecho con una de sus explicaciones científicas.

–Es una cuestión de aerodinámica. Así logran un mayor impulso. De ese modo, y acompasando el aleteo, consiguen más velocidad y ahorro de energía.

Y, como ya habían llegado al pueblo, los cinco primos se dirigieron a la placita del día anterior, pero no encontraron a nadie.

Ni ahí ni en ninguna otra parte.

Parecía el típico pueblo deshabitado del Oeste americano.

–Es que son las cuatro –constató Verónica consultando el reloj–. La mayoría estará echando la siesta o viendo alguna peli.

—Pues vamos a casa de los gemelos —decidió Javi, que estaba deseando averiguar de quién era el collar de cuero que llevaba puesto.

—¿Y si también están durmiendo? —aventuró Verónica.

—Seguro que Jonás renuncia a la siesta encantado —le aseguró su primo, guiñando un ojo a los demás.

—¿Ya estamos? Si vas a montarme un numerito, me vuelvo a casa —le amenazó ella.

—Que solo era una broma —se rio Javi.

—Podríamos rastrear el pueblo, aprovechando que no hay nadie, a ver si encontramos alguna señal de la secta —medió Diego para poner fin a la disputa.

—Vale, empecemos por la plaza —la apoyó Pablo.

Indiana Jones y el templo maldito · 21

Los cinco primos se dirigieron a la plaza principal del pueblo y ahí se dividieron por zonas: el frente del ayuntamiento le tocó a Verónica; el de la iglesia de Nuestra Señora de la Asunción, a Natalia; el del palacio del Cardenal Espinosa, a Diego; el de enfrente, a Pablo, y el suelo, la fuente y el parterre de los faroles, a Javi.

Si cualquiera de ellos encontraba una señal, llamaría a Verónica para que fuera de inmediato a hacerle fotos.

Diego estaba feliz porque le hubiera tocado el palacio. Además de que el cardenal era su tocayo, le gustaban los edificios que tenían una historia detrás.

Y la de ese palacio era bastante curiosa.

Al parecer, había sido un regalo que Felipe II quiso hacer al cardenal Diego Espinosa.

Él, de primeras, se negó a construirlo y alegó que le parecía muy mal que ministros ejemplares edificasen palacios para sí mismos que hicieran recelar al pueblo. Pero, como el rey insistió, acabó por ceder y mandó construir un palacio sobrio y austero con el escudo real en la fachada, para que se viera que era un mandato real.

A Diego le hubiera gustado conocer a semejante personaje, capaz de plantarle cara al propio rey, e iba palpando con auténtica devoción cada una de las piedras de sillería del zócalo, convencido de que en cualquier momento, se abriría un pasadizo secreto que los conduciría al escondite de la secta.

En ese momento se sentía Indiana Jones en el templo maldito.

El reflejo del enrejado de la ventana que estaba a la izquierda de la puerta, si la mirabas de frente, le hizo dudar un instante de si realmente había visto la insólita marca con forma de lágrima que le había parecido vislumbrar en una de las piedras.

Pero, al acercarse a ella, comprobó con alegría que se trataba de la singular señal.

La primera que encontrarían.

–¡Verónica! –gritó exultante.

Como ella se hallaba en la fachada adyacente, llegó volando y le regañó:

–Chist, no hace falta que grites tanto.

–Es que he encontrado una, mira –le enseñó muy emocionado.

Verónica le hizo varias fotos y volvió a su puesto, deseosa de poder encontrar también ella alguna señal.

Pero apenas había vuelto a su tarea cuando su hermano la volvió a llamar.

–¡Jopé! –protestó–. Así no hay quien trabaje.

—Es que este palacio es una mina de señales. Seguro que aquí se esconde la secta —comentó Diego, orgulloso de ser el único que había encontrado ya dos.

Aunque poco tiempo le iba a durar su supremacía, porque Javier acababa de descubrir otra en la fuente.

Y allá que acudió Verónica rezongando.

Menos mal que la cuarta la descubrió ella en un balcón de madera de la casa más cercana al palacio; si no, le habría dado un ataque.

La quinta la localizó Pablo en el reborde de ladrillos de la ventana de una casa.

La sexta fue de nuevo Verónica, en el capitel de una de las columnas del ayuntamiento.

La séptima la encontró Natalia en uno de los contrafuertes de la iglesia.

Y la octava fue un nuevo hallazgo de Javier en una loseta del suelo.

Los cinco primos estaban que no cabían en sí de orgullo.

Les parecía, poco menos, que habían encontrado la piedra filosofal o la mismísima tumba de Tutankamón.

Hasta que Verónica, con su característico realismo, les chafó un poco el hallazgo.

—¿Y de qué nos sirve esto para encontrar los corderos robados? ¿De verdad pensáis que medio pueblo pertenece a una secta y que esa secta ofrece sacrificios de corderos? Porque, si tenemos en cuenta las señales que tienen muchos y las que hay por la plaza, pocos se salvarían. Creo que deberíamos abrirnos a otras vías de investigación.

—En eso tiene razón Verónica —la apoyó Pablo, a su pesar.

Sin embargo, Diego seguía en sus trece, convencido de que los corderos robados podrían estar en algún escondite secreto del palacio.

Y les propuso visitarlo al día siguiente, ya que solo era posible hacerlo los sábados y domingos por la mañana. Después se puso a desarrollar en el cuaderno de investigación sus teorías, para que no se le olvidaran.

Cuaderno de investigación

Una chocolatada improvisada ·22

Los cinco primos, apostados delante del palacio, escuchaban con atención la anécdota de su construcción de boca de Diego.

—Pues sí que era austero el cardenal —comentó Javier.

—Y menudo valor le echó mi tocayo para decirle al rey que no quería su regalo. A ver si fue él quien fundó la secta de la lágrima —insinuó Diego—. No me extrañaría nada. Tenemos que investigarlo.

—¿Y quién era el tal Martín Muñoz, el que da nombre al pueblo? —se interesó Pablo.

—Fue un noble burgalés que participó junto al Cid Campeador en la reconquista de Toledo y, como recompensa, el rey Alfonso VI le otorgó esta población, en la que antes vivían mozárabes y bereberes —le informó su primo.

—Sí que te has empollado la historia de este pueblo —se admiró Natalia.

—Igual que a ti te interesan las plantas, a mí me interesan las piedras —respondió él sin darle importancia.

—Uf, ya sabéis que le encanta la historia —comentó Verónica—. Tendríais que verlo durante los viajes a la finca. Aprovecha que no nos podemos mover para resumirnos en una hora a mis padres y a mí toda la historia de España o contarnos la historia de Egipto, que es su favorita. Ja, ja, ja.

—¡Menuda panda de frikis los Primos S. A! —se rio Javi—. La hierbas, el cronista, la amazona fotógrafa, el científico chiflado y el *businessman*.

Si eres un buen detective, a estas alturas ya conocerás bien a los miembros de Primos S. A. y qué cualidad caracteriza a cada uno. Intenta relacionar cada personaje con su apodo.

La campana del reloj del ayuntamiento dio las cinco.

A los niños les impresionó que hubiera transcurrido una hora.

—¡Venga, vamos a buscar ya a los gemelos! —los espabiló Javier.

—Pero ni media broma, ¿eh? —lo amenazó Verónica.

—No te preocupes.

—Júramelo —le exigió ella.

—¡Juro por la espada del Cid Campeador y por la memoria de Martín Muñoz que no diré nada!

—Que no dirás ni media tontería de Jonás y de mí.

Javier estaba repitiendo resignado las palabras de su prima cuando esta le dio un codazo.

—¡Ay! ¿Qué pasa ahora?

Pero no necesitó respuesta: le bastó ver al fondo de la calle a los gemelos, que acababan de salir de su casa y les hacían señas con la mano para que fueran con ellos.

Los cinco primos montaron en sus bicis y se dirigieron hacia allá.

Cuando llegaron, también los gemelos habían sacado del garaje sus propias bicicletas.

—Vamos al merendero. Hemos quedado allí para hacer una chocolatada. Habéis venido para eso, ¿no? —asumió José.

—No, no lo sabíamos. En la finca no nos enteramos de nada —se sinceró Pablo.

—Pues habéis llegado justo a tiempo —se alegró Jonás.

–Pero no hemos traído nada –se apuró Verónica.

–No importa –respondió él.

–Yo tengo dinero –dijo Diego, llevándose la mano al bolsillo para ver de cuánto disponía.

–Y yo también tengo algo –se sumó Pablo.

–Estupendo –aplaudió Javier, cogiendo el dinero de su hermano–. Con esto podemos comprar unos bollos en la panadería. Si nos esperáis aquí, venimos en un momento. ¿Vamos? –se dirigió a Diego.

Verónica respiró. Por un momento se temió que aquello fuera una jugarreta de su primo para dejarla a ella a solas con Jonás.

Pero, al poco de irse ellos, empezó a llegar toda la panda de chavales y se sintió menos violenta.

Pronto se juntaron una docena.

Todos iban con bolsas.

Verónica deseó que el dinero de Diego y Pablo diera para comprar bastantes bollos. No le gustaba nada ser una gorrona. Incluso estuvo tentada de ir hasta la finca para coger más merienda y que la acercara luego su padre en coche.

Pero comprobó con satisfacción que las dos bolsas que traían su hermano y su primo eran bastante abultadas.

Fíjate en los chavales del grupo y di si crees
que alguno se ha fijado en el collar de cuero de Javier.

Miguel y Leire · 23

El merendero estaba a medio kilómetro desde la salida del pueblo.

Se encontraba en uno de los muchos pinares que había en la zona.

Los pinos piñoneros eran muy altos y de copa redondeada. Bajo ellos había varias mesas y bancos, una barbacoa, una fuente de agua potable y una zona infantil de juegos.

Cuando llegaron, se encontraron en una de las mesas a una chica y un chico, que estaban partiendo en trozos sendas tabletas de chocolate y echándolas en un puchero alto.

La chica era de constitución robusta. Tenía la cara ancha, nariz chata con una pequeña hendidura en el centro, ojos pequeños y pelo castaño recogido en una trenza. Por su manera de partir el chocolate, se la veía rápida, fuerte y decidida.

El chico era alto y fibroso. Sus ojos eran grandes y verdes, aunque poco expresivos, de mirada bovina. Se podía deducir que era hermano de la chica porque su nariz era idéntica a la de ella. Sin embargo, al contrario que ella, realizaba su tarea lentamente, con desgana, como si le pesara la vida.

Aunque no fue esto lo que llamó la atención de los primos, ni tampoco el parecido nasal, sino la marca en forma de lágrima que tenía el chico en la nuca.

—¡Qué pasa, Miguel! —lo saludó Jonás dándole una palmada en la espalda, y luego se dirigió a la chica—: Hola, Leire.

Ella se aproximó a él con actitud zalamera y le plantó un beso en todos los morros.

—Mira, he traído un bizcocho de chocolate, que sé que te encanta —le dijo tonteando abiertamente.

Jonás se retrajo. Parecía incómodo.

—Esto... Te presento a Pablo, Javier, Verónica, Natalia y Diego —fue diciendo los nombres de los primos por el orden en que estaban colocados.

Leire se quedó mirando fijamente el collar de Javier de modo suspicaz. Y a continuación le dijo con actitud de mosqueo:

—Tienes un collar igual que el que perdió mi hermano el viernes en el puente del Naranjo.

—¡No fue el viernes, fue el jueves! —saltó él malhumorado, como si le hubiera ofendido en lo más profundo de su ser.

A los cinco primos les extrañaron bastante su actitud y el empeño por precisar el día exacto, como si eso fuera de vital trascendencia.

—En todo caso, es el tuyo —le dijo Javier, quitándoselo para dárselo—. Lo encontramos ahí y, precisamente, me lo puse para poder dar con su dueño.

Imaginé que tenía que ser de algún chico joven y que, al verlo, me haría algún comentario. Toma, es muy chulo.

El tal Miguel lo cogió con gesto hosco y apenas masculló un «gracias» para proseguir con la actividad de partir el chocolate, la cabeza casi hundida en la tarea.

Era evidente que estaba fastidiado, que no le había gustado nada lo que acababa de pasar. Pero, no

contento con esa muestra de malestar, todavía le lanzó a su hermana una mirada cargada de rencor, que no pasó desapercibida a los primos.

Por suerte, la tensión que se había producido se aflojó al escucharse cerca el ruido de una moto.

–Ese va a ser Marcos –comentó José.

Y su frase fue el detonante para que todos ellos se relajaran y se pusieron a charlar mientras se ocupaban de distintas tareas.

Todos menos Jonás: al oír el nombre de Marcos, se le había crispado el gesto.

En cambio, a Verónica se le alegró la cara. Con lo tímida que era, no se sentía cómoda entre aquellos chavales que acababa de conocer, casi todos mayores que ella. Y tampoco con Jonás, por diferentes razones.

La llegada de Marcos le suponía un auténtico alivio. Con él compartía su afición por los caballos y los temas de conversación surgían de manera espontánea, sin tener que forzarlos. Esa mañana que habían pasado juntos había acortado las fases del proceso que normalmente lleva forjar una amistad, y sentía que eran ya viejos amigos.

Nada más llegar, Marcos consiguió captar de inmediato la atención de todos y contagiarles su entusiasmo contándoles su experiencia con Terrumi y con Polka: lo bien que lo habían pasado los dos en su paseo a caballo hasta la finca de su abuelo.

En un instante, Verónica pasó de sentirse una intrusa en el grupo a verse integrada de una manera muy cómoda, sin tener que esforzarse.

Sin embargo, no le pasó desapercibido el fastidio de Jonás.

La tensión de las mandíbulas se reflejaba en sus pómulos, cuyos huesos sobresalían de manera anómala, estirando al máximo la piel.

Sus muelas debían de estar rechinando.

Y las sienes le palpitaban a causa de la presión.

Aunque él, absorto en su miseria, no era consciente de lo mucho que se le notaba lo fastidiado que estaba.

Tampoco Marcos, llevado del entusiasmo, parecía darse cuenta.

Y constantemente buscaba la complicidad de Verónica.

En ese momento, Jonás se convenció de que en aquel paseo se había producido lo que tanto había temido: Marcos y Verónica se gustaban.

Por su parte, Leire, que enseguida captó lo que pasaba, trataba de atraer la atención del gemelo con secretitos al oído y todo tipo de carantoñas.

Pero él permanecía impasible.

Tan evidente era la pesadumbre de Jonás que Verónica volvió a sentirse incómoda al ser consciente de que aquello tenía mucho que ver con ella.

Ese tipo de situaciones la bloqueaban por completo.

Y su complicidad con Marcos se resintió.

Escuchaba distraída su alegre verborrea, y él apenas conseguía arrancarle un parco «sí» cada vez que se dirigía a ella para que ratificara lo que estaba contando o hacerla cómplice de alguna anécdota.

Se sentía entre dos aguas.

Arrastrada por corrientes opuestas.

Sin saber qué hacer.

Fastidiada por verse envuelta en algo que ella no había buscado.

Contrariada por herir involuntariamente los sentimientos de Jonás.

Y si a ello le añadimos las miradas de odio que le lanzaba Leire, es comprensible que, a esas alturas, solo pensara en salir corriendo de allí.

¿Tú qué crees?

Seguro que a ti también, experto detective, te habrá chocado la reacción desproporcionada y aparentemente absurda de Miguel con el asunto del collar. ¿Cuál de estos supuestos darías como válido? (Puede ser más de uno).

a) Le ha fastidiado que su hermana dijera que el collar era suyo.

b) Le ha fastidiado que dijera que lo había perdido el día que se habían producido los robos y en el lugar de los hechos.

c) Leire, en efecto, se ha equivocado de día.

d) Miguel miente porque tiene algo que ocultar.

e) Los hermanos ya venían peleados de casa y cualquier comentario habría hecho saltar chispas.

f) Miguel ha pensado que Javier le había robado el collar y por eso se ha enfadado, pagándolo con su hermana.

g) Miguel es una persona con un carácter difícil que salta por cualquier cosa.

Dos más dos son cuatro · 24

Los primeros en irse del merendero fueron los primos, ya que Julia y Carlos no sabían que estaban ahí y se preocuparían si llegaban cuando ya había anochecido del todo, como la vez que se perdieron al volver de casa de Zoilo.

–Me paso mañana por vuestra finca para seguir con la doma. ¿A qué hora os viene bien? –les preguntó Marcos al despedirse.

–Después de comer, que por la mañana tenemos ya planes –le contestó Diego.

Verónica agradeció internamente a su hermano su rápida intervención.

Era consciente de lo que esa nueva quedada con Marcos suponía para Jonás.

Sin embargo, Diego había dejado claro que ellos tenían otras cosas que hacer, que la visita de Marcos no era nada especial, y que el único interés que tenía el chico eran los caballos, que no había nada entre ellos.

Sintió un alivio indescriptible al alejarse de allí.

—Aquí la rompecorazones de mi prima. ¡Qué destrozo! ¡Volaban los cuchillos! —comentó Javier en cuanto perdieron de vista el merendero.

—¡Hala, sí! ¡Y qué más! ¡Contado por ti, parece un culebrón! —exclamó Verónica, tratando de negar lo evidente.

—Lo siento, Verónica, pero tiene razón mi hermano —asintió Pablo.

—Ya te digo —incidió Javier—. Porque Jonás es un buenazo y no creo que le monte el pollo a Marcos, pero otro se hubiera enzarzado en una pelea.

—Sí, claro, y lo siguiente es que se van a suicidar los dos por mí —ironizó ella—. Estáis un poquitín anticuados, ¿no?

—Deberías decidirte por uno y me dejas a mí el otro —dijo Natalia, muy seria.

—¡Pero si eres una peque! —saltó Javi.

—Bueno, dejaos de enredos amorosos, que tenemos un nuevo sospechoso —les cortó Diego, deseoso de poder contarles novedades de sumo interés para el caso.

—Miguel, ¿no? —dedujo Javi—. ¡Menuda reacción, macho, me quedé flipado! Saltó como un loco para corregir a su hermana. Yo creo que miente, que sí estuvo el viernes en el puente.

—Pero eso no significa que sea el ladrón. Puede haber mentido por miedo —opinó Pablo.

—Yo tengo datos que, sumados a su mentira y a la marca que tiene en el cuello, lo hacen aún más sospechoso —les anunció Diego.

—Pues dos más dos son cuatro —sentenció Natalia.

—¿Sabéis de quiénes son hijos Miguel y Leire? —les preguntó Diego.

—¡¡¡Suéltalo ya!!! —gritaron todos.

—Del campesino que salió disparado cuando pasamos con la canoa.

—¡Ostrás! ¡Blanco y en botella! —exclamó Javi—. Su padre también tenía la marca.

—Y además, oí a Miguel contarle a otro chaval que ya le faltaba poco dinero para comprarse una moto —prosiguió Diego, dándoles la información en píldoras.

—Desde luego, tiene todas las papeletas para ser el ladrón —comentó Verónica.

—Pues aún hay más: he descubierto que Miguel toma chicles como los de la caja que encontramos en el río.

—¡Está de fango hasta las trancas, chaval! —exclamó Javi.

—Desde luego, todos los indicios apuntan a él, pero el caso es pillarlo con las manos en la masa —dijo Verónica.

—¿Y no los robará para el padre? —sugirió Pablo.

—Podría ser —lo secundó Diego—. Igual tienen los corderos en algún lugar de la casa; de ahí su miedo a que pudiéramos verlos. Pero estoy convencido de que luego los llevan a los sótanos del palacio para realizar algún ritual de tipo satánico con su sangre.

—Pues mañana sin falta tenemos que ir a registrar la casa —decidió Javier.

—Huy, no, ¡a mí eso me da miedo! —dijo Natalia.

—No te preocupes, prima. Él es el especialista —apuntó Diego a Javier.

—¿Me vais a dejar solo ante el peligro?

—Peor lo tuvieron los romanos en la conquista de la Galia —le respondió Diego.

—Donde las dan, las toman —remató Verónica riéndose.

—Vale, dejadme pensar. Seguro que hay un modo de llegar hasta la casa sin que nos vean...

Cuaderno de investigación

Mira atentamente el enclave de la casa del campesino y piensa qué camino es el mejor para llegar hasta ella sin ser visto. ¿Utilizarías una bici o una canoa?

Al filo de lo imposible · 25

Después de cenar, Pablo dejó boquiabiertos a sus primos al mostrarles el resultado de su experimento con el huevo. Tenía un aspecto suave y gomoso, como si fuera una pelota.

–Mirad, es un huevo saltarín.

–¿De verdad puede saltar? –se extrañó Natalia.

Javier lo cogió e hizo como que lo iba a lanzar contra el suelo. Todos chillaron, pero él se echó a reír:

–Que no, hombre, no pienso tirarlo. Por mucho que diga Pablo, no me creo que el huevo no vaya a estallar.

–Ah, ¿no? Pues mira...

Pablo cogió el huevo de manos de Javi y lo empezó a botar contra la mesa como si fuera una pelota de goma.

–¡Increíble! –exclamó Natalia.

Pablo lo iluminó desde lejos con su puntero láser.

–¡Hala, qué bonito! –exclamó Verónica.

–Los de la secta esa han debido de hacer un truco parecido con las piedras –comentó él.

–¿Y no se rompe? –preguntó Verónica.

–Hombre, si lo lanzas fuerte o desde muy arriba, sí –le respondió su hermano.

Permanecieron un buen rato jugando con el huevo hasta que se cansaron de él. Lo cierto era que estaban cansados, así que decidieron irse a la cama.

Pero, una vez acostados, todos empezaron a dar vueltas a la cuestión de la secta.

¿Tendría razón Diego con su teoría del robo de los corderos?

¿Marcarían las piedras con su sangre y luego a los lugareños?

¿Qué intenciones había detrás de todos esos trucos raros?

¿Acaso todo estaba relacionado con ellos: con Primos S. A. y con la posibilidad de que los descubrieran?

¿Serían, de verdad, los miembros de una secta o algo más peligroso aún?

En consecuencia, durmieron inquietos, con pesadillas; sobre todo Verónica, que era bastante alarmista y no dejaba de pensar en la cantidad de atrocidades que le esperarían a Javier al día siguiente cuando fuera él solo a espiar la casa y las dependencias del campesino.

Soñó que caía en manos de una mafia, cuyo jefe era el padre de Miguel y Leire, que utilizaba los corderos para experimentos científicos poco éticos. Y al descubrir a Javier, iban a cargárselo.

Se despertó chillando cuando uno de la secta, con cabeza de cerdo, se abalanzaba sobre su primo con un cuchillo jamonero.

Sin embargo, por la mañana evitó hablar de ello para ahuyentar cualquier mal presagio. Y, durante el trayecto en canoa, no pararon de hacer bromas hasta llegar al huerto, como un modo de combatir el nerviosismo que todos sentían.

—Si te pillan, puedes decir que te has enamorado de Leire y has ido a verla —le pinchó Verónica.

—Sí, para no ser menos que mi prima —se la devolvió él.

—Lo que tienes que decir es que estás buscando una plaga de gusanos veganoxitos, que devoran vegetales a la velocidad de la luz —le aconsejó Pablo, muy serio.

—¡Qué buena idea! —se entusiasmó Javier.

—Pero... ¿existe de verdad ese gusano? —preguntó Diego; le sonaba a cuento chino.

—No, pero da igual. ¿O te crees que ese tipo va a conocer todas las plagas que existen? ¿A que suena bien? —dijo él, orgulloso de su ocurrencia.

—¿Y no será mejor que se lleve mi bolsa y mi libro de plantas y diga que está buscando alguna hierba concreta? —sugirió Natalia.

—Sí, la mimosa púdica —bromeó Verónica.

—Pues no es mala idea. Así podremos saber, por la cara que ponga, si están usando la planta para adormecer a los corderos y evitar que balen al robarlos —resolvió Javier.

—¡Ni se te ocurra, Javi! —se asustó Verónica, que lo creía muy capaz—. ¿No ves que era una broma? Correrías mucho peligro.

—A lo mejor no es ningún tipo peligroso y solo ha robado los corderos para celebrar una fiesta —discurrió Natalia.

—¡Pues menudo fiestorro se va a montar! —se rio Diego—. A ver, Natalia, que ya han robado nueve corderos, ¡que nosotros sepamos!

—¿Nueve? ¿En serio?

—Sí, mira —dijo Pablo mostrando a todos el cuaderno de investigación.

Cuaderno de investigación

Si eres capaz de emparejar los pastores con el número de corderos que le han robado a cada uno, eres un detective con tanta retentiva como Sherlock Holmes.

—¡Eh, callaos, que ya hemos llegado! —les advirtió Verónica, nerviosa.

Y eso que el huerto estaba vacío.

No se veía un alma por ahí.

Y las contraventanas permanecían cerradas.

Reinaba una calma total, como si fuera una casa deshabitada desde tiempo inmemorial.

—No parece que haya nadie —susurró Natalia.

—Igual aún están durmiendo —sugirió Verónica.

—¿A las once de la mañana? —se extrañó Diego.

—A lo mejor ayer estuvieron de fiesta hasta tarde, y como hoy es domingo... —apuntó Pablo.

—¡Es domingo de Ramos! A lo mejor han ido a misa —se acordó de pronto Verónica.

Y semejante perspectiva les infundió ánimos.

—Si fuera así, podríamos ir todos a espiar —se ilusionó Diego.

—Primero voy yo de avanzadilla —decidió Javier, que no quería renunciar a su papel protagonista, y menos con un panorama tan favorable—. Y si veo que el campo está libre, vengo a buscaros.

Los niños atracaron un poco más adelante, justo detrás de unos arbustos bastante tupidos, para que no descubrieran la canoa.

Javier saltó a tierra y se puso a partir unas cuantas ramas de un arbusto, que se iba metiendo por el pantalón.

—¿Qué estás haciendo? —le increpó su hermano.

—Camuflarme —respondió él, lleno de razón.

—Este no pierde la ocasión de disfrazarse —comentó Verónica riéndose por lo bajo.

Pero él, ignorando sus comentarios, dobló otra rama en forma de corona, la anudó y se la colocó en la cabeza.

A continuación, cogió un puñado de barro y se lo restregó por la cara.

Luego les hizo un signo de victoria con los dedos y se tiró al suelo para ir reptando en plan serpiente hasta el siguiente arbusto.

El rastreador ·26

Javier avanzó unos cuantos metros serpenteando con el cuerpo lo más pegado a tierra que podía.

Sentía una emoción desbordante.

Este tipo de misiones le entusiasmaban.

Notaba los latidos del corazón como si este fuera un elemento autónomo, recién independizado de su cuerpo.

Pero avanzar en esa posición resultaba agotador.

Aunque le animaba pensar que ya no debía de faltar mucho para llegar hasta un sembrado, donde podría andar en cuclillas o a gatas y se sentiría mucho más protegido.

Claro que, desde su posición de lombriz, no era fácil calcular las distancias.

Parecían más cortas de lo que en realidad eran.

Y tampoco quería levantar a menudo la cabeza para no ser descubierto.

Después de un tiempo que se le hizo eterno, consiguió por fin culminar su primera etapa.

Una vez que entró en el sembrado, se sentó y su corazón regresó a la cavidad cardiaca.

De pronto, dejó de sentir sus latidos.

Estaba solo.

Solo ante el peligro.

Le alegró comprobar que, en cuclillas, aun estando lejos de ser la postura ideal, avanzaba más rápido.

Sin embargo, el sembrado parecía no tener fin.

Se detuvo unos segundos para tumbarse en el suelo y estirar las piernas, que le temblaban debido al esfuerzo de andar agazapado.

Pero enseguida volvió a su posición de agachado.

Tenía prisa por llegar; los nervios le carcomían el estómago.

Apenas había avanzado otros cuatro pasos cuando...

¡Clang!

Un golpetazo seco y metálico le heló las venas.

Javier se quedó acurrucado, inmóvil, el corazón a punto de salírsele del pecho.

Haz gala de tus dotes de observación y trata de localizar a Javi.

¿Crees que alguien podría verle? ¿Desde dónde?

¿Qué puede haber provocado ese ruido metálico?

Transcurrieron unos segundos, que le parecieron horas, sin atreverse a dar más pasos.

Un cuervo se posó muy cerca de donde él estaba, y pensó si no sería un mal presagio.

El cuervo graznó y volvió a levantar el vuelo.

Javier echó de menos unas alas.

Pero decidió ponerse de nuevo en movimiento con los apéndices que le habían tocado en suerte en un reparto animal que, en ese momento, le pareció bastante aleatorio.

Cuando al fin se acabó el sembrado, se quedó muy sorprendido al comprobar que la vivienda del campesino distaba muy pocos metros de él.

Lo malo era que en este nuevo tramo ya nada lo protegía, ni un mísero arbusto.

Tomó aire y corrió como un galgo hasta la pared de la casa, donde se quedó pegado como si formara parte del encalado.

El corazón le iba a mil por hora.

Así permaneció un rato, escuchando los insistentes gorjeos de los pájaros que iban y venían.

Y cuando comprobó que nadie lo había visto, se decidió a avanzar pegado a la pared.

Echó de menos las manos y los pies de Spiderman.

Por fin consiguió alcanzar una ventana cuya contra estaba mal cerrada.

Javier pensó que seguramente habría sido la causante del golpetazo.

Y, envalentonado ante la reinante quietud de la casa, decidió atisbar el interior a través del cristal.

¿Tú qué crees?

¿Cuál de estos hechos crees que va a suceder?

a) El campesino apunta a Javier por detrás con una escopeta.

b) La ventana da al cuarto de Leire y esta descubre a Javier espiando por la ventana.

c) Javier encuentra los corderos robados dentro de un cobertizo.

d) Javier se cuela por la ventana y decide inspeccionar la casa al comprobar que está vacía.

e) Javier cree que la casa está vacía y, de pronto, se da de bruces con la madre de Leire y Miguel.

f) Javier encuentra una piedra con la marca de la lágrima en el cuarto de Miguel.

El pez de luz · 27

Las esperas siempre se hacen eternas.

Y más si suponen un riesgo para alguien muy querido.

La inquietud de los cuatro primos que se habían quedado en la canoa crecía por momentos.

–¿No está tardando mucho? –se preocupó Verónica.

–¿Y si lo han pillado? –dijo Diego.

–¿Cuánto vamos a esperar para ir a rescatarlo? –preguntó Natalia.

–Hay que darle tiempo. Yendo a rastras se tarda mucho más –los tranquilizó Pablo–. Y una vez allí, tiene que ir con mucho tiento para que no lo descubran.

–Tienes razón, Pablo –dijo Verónica–. Igual hasta tiene que quedarse un rato oculto en algún escondite si de pronto aparece alguien.

Después de las explicaciones, todos se quedaban algo más tranquilos. Pero, al poco, volvían a darle vueltas al tema.

Y, a pesar de las excusas, el propio Pablo estaba igual de nervioso.

—¡Eh, mirad eso! —los alertó Verónica señalándoles el agua.

Una sorprendente luz se movía dentro del río y variaba de forma sin que ningún elemento externo pudiera justificar esos cambios.

Los niños lo contemplaron boquiabiertos.

Nunca habían visto nada semejante.

Los ocho pares de ojos siguieron aquella extraña forma luminosa, tan fascinados como amedrentados.

¿Qué diablos era aquello?

¿Un pez luminoso?

¿Una nueva treta de alguien que quería apartarlos de la investigación, como la de las piedras?

¿Un aviso?

¿Una ninfa que quería advertirles de algún peligro?

¿El espíritu de alguien que hubiera muerto ahogado?

De súbito, los cuatro se miraron espantados, como si hubieran coincidido en el mismo pensamiento.

¿Y si...?

Ninguno de ellos se atrevió a formular en alto lo que todos estaban pensando. Tanto les aterraba la idea.

Un escalofrío les recorrió el cuerpo a pesar de que hacía una temperatura muy agradable.

Y sus cabezas se llenaron de negrura.

Como si un calamar hubiera soltado un chorro de tinta dentro de ellas.

Pero sus labios permanecieron sellados.

Con miedo a que, si decían en voz alta lo que estaban pensando, llegara a ser verdad.

Una verdad implacable.

Una verdad ineludible.

Una verdad irremediable.

Les parecía que, mientras se mantuvieran mudos, nada de lo que pensaban ocurriría.

Y ahí seguían, aferrados a la rama para evitar que la corriente se llevara la canoa río abajo.

¿Tú qué crees?

¿Eres capaz de meterte en la cabeza de los cuatro primos y deducir qué pensamiento les ha asaltado para haberse quedado tan horrorizados?

a) Están convencidos de que es un truco de la secta para acabar con ellos.

b) Creen que el campesino ha matado a Javier y es su espíritu tratando de advertirles de lo ocurrido.

c) Han visto la marca de la lágrima en la forma luminosa y están convencidos de que va a saltar sobre ellos para marcarlos.

d) Han visto reflejada la cara de Javier y saben que es un aviso serio de la secta para que abandonen la investigación.

e) Han reconocido la cara de uno de los chavales de la pandilla y piensan que la secta lo ha matado como aviso para que no continúen investigando.

¡¡¡BINGO!!! ·28

—¿Qué os pasa? ¿Habéis visto un pulpo gigante?

Los cuatro niños saltaron como si les hubiera rozado la piel una anguila eléctrica.

—¡Ay, Javi, qué susto nos has dado! —exclamó Verónica. Le habría gustado abalanzarse sobre él y llenarlo de besos.

Ahí estaba su primo, con una pinta terrible.

La cara llena de barro seco y cuarteado.

La corona de ramas, ladeada.

Parecía un fauno del bosque después de haber hecho la mayor travesura de su vida.

Pero estaba vivo y coleando.

Y eso era lo importante.

No tenía ni idea de la angustia que habían pasado los cuatro, convencidos de que el campesino lo había matado y la forma luminosa del agua era su espíritu, que trataba de decirles algo antes de irse al cielo.

—Ya veo que os habéis llevado un susto morrocotudo. Casi volcáis la canoa. ¿Qué estabais mirando con tanta concentración?

Los niños señalaron el agua.

Pero la forma luminosa había desaparecido.

Pablo le contó lo que habían visto mientras se alejaban de allí remando a gran velocidad.

–¿Y tú has encontrado algo? –le preguntó.

–Me metí dentro de la casa.

–¿¿¿Quééééé??? –gritaron todos a coro.

–Estás loco de remate –le recriminó Natalia.

–No había nadie –respondió tan fresco.

–Imagínate que te llegan a pescar –le reprochó Verónica–. Es un delito.

–Tranquilos, estaba todo controlado. La prueba es que estoy aquí.

–¿Y has descubierto algo? –le preguntó Diego.

–Que Leire usa un pijama de corderitos.

–¿Quieres decir hecho con la piel de los corderos? –se horrorizó Natalia.

–¡No, mujer! Eran pintados.

–Pero eso no prueba nada.

–Os estaba vacilando –se sonrió con malicia.

–¡Javi, déjate de hacer el bobo, que aquí están pasando cosas tremendas! –le advirtió Verónica.

–Precisamente. Es para quitarle un poco de tensión al ambiente, que os noto muy electrizados.

–¿Entonces no has encontrado nada? –insistió Diego.

–Sí: un biberón.

–¿Un biberón? –se extrañó Natalia.

–¡Claro! –saltó Verónica, muy excitada–. Es el biberón con el que Miguel les da a los corderos la pócima hecha con la mimosa púdica.

—¡Bingo, Verónica! ¡Has dado en el clavo! También he encontrado restos de la planta —dijo sacándose unas ramitas del bolsillo de la pierna de su pantalón safari y mostrándoselas.

—¡Lo tenemos cogido por los mondonguillos! —exclamó Pablo.

—¡Por fin tenemos pruebas! —ratificó Diego.

—¿Y dónde encontraste el biberón y las hojas de la mimosa? —le preguntó Natalia.

—En un cajón de la mesa del cuarto de Miguel. Debajo de un maremágnum de cosas. Lo tenía bien escondido.

—Pues ahora que sabemos que fue él, habrá que marcarlo muy de cerca para pillarlo in fraganti —opinó Verónica.

—Creo que lo mejor será turnarnos haciendo guardia escondidos en el puente del Naranjo —propuso Pablo.

—¿Y si no hay más robos? —apuntó Diego—. No creo yo que, ahora que todo el mundo sabe que ha aparecido su colgante justo en el lugar de los hechos y el mismo día en que se produjeron los robos, le queden ganas de seguir haciéndolo.

—Si quiere comprarse una moto, necesita robar muchos corderos —replicó Verónica.

—Ya, pero tiene razón Diego: volver a hacerlo ahora que todo el mundo está en alerta sería un riesgo enorme —opinó Javier—. Es mejor acorralarlo y decirle que tenemos pruebas de que fue él para obligarlo a confesar.

—Eso es muy arriesgado. Piensa que Miguel te puede denunciar a ti por allanamiento de morada —le recordó Diego.

—¿Alla... qué? —preguntó Natalia.

—Allanamiento de morada es el término legal para el delito de entrar en una casa ajena sin ser invitado —le explicó Diego.

—Cómo se nota que tu padre es abogado —bromeó Javier.

—Pues a mí lo que no me acaba de encajar es cómo puede transportar él solo los corderos hasta el pueblo o dondequiera que los venda. Debe de tener cómplices o robar para alguien —apuntó Verónica.

—Tiene razón mi hermana. Y también es imposible que pudiera robar cuatro corderos de una tacada desde el interior del arco y luego irse andando con ellos como si nada. Me parece muy arriesgado.

—Uf, qué lío, porque... todo esto, ¿qué tiene que ver con la secta? ¿Y con las piedras luminosas? —se preguntó Natalia.

—Sí —dijo Pablo sacando su cuaderno—. Deberíamos poner en orden todas las pistas, a ver si nos aclaramos.

Cuaderno de investigación

Biberón + mimosas púdicas = prueba de que Miguel es el ladrón.

Marca de Miguel en la nuca = prueba de que está relacionado con la secta.

¿Relación entre la marca roja y los corderos?

Puede que la secta utilice la sangre de los corderos para ir tatuando la lágrima a todos los habitantes del pueblo y apoderarse así de su voluntad.

Más pistas que no sabemos adónde nos llevan:
Piedras brillantes + piedras en círculo +
+ piedra con lágrima + hologramas + luz en el agua.

¿Amenazas de la secta para que abandonemos la investigación?

—Bueno. Después de comer, tenemos que volver a peinar toda la zona del puente y el molino. Seguro que se nos ha escapado algo —propuso Diego—. Y nos tenemos que acordar de llevar las linternas para registrar a fondo el escondite secreto del puente.

—¿Se os ha olvidado que viene Marcos a domar a Terrumi y a montar? —les recordó Verónica.

—Pues ya sabes lo que te toca —le dijo Javi.

—¡Sí, hombre! ¡Me voy a comer otra vez yo sola el marrón!

—¡Si te lo pasaste genial! —le recordó Diego.

—Pero va a pensar que me gusta y que por eso me quiero quedar a solas con él —replicó ella.

—¡Qué va a pensar eso! ¡Mira que eres rebuscada! —respondió su hermano.

—Tiene razón Verónica —la apoyó Natalia—. Una vez, vale, pero dos...

—¿Lo ves? Que se quede otro.

—Natalia, ¿no? —ironizó Diego.

—Obviamente, no. Pero puedes quedarte tú, que sabes manejarlos.

—¿Y si nos vamos todos a caballo? —propuso él.

—¿Vamos a ir con Marcos a rastrear la zona y hacerlo partícipe de la investigación? —le replicó su hermana.

—Al fin y al cabo, ya no es sospechoso. Y nos vendrán bien dos ojos más.

—¡Qué morro tienes! Como eres tú el que te tienes que quedar...

—No es tan mala idea —lo apoyó Pablo—. Si suele ir a pescar ahí, conocerá bien la zona.

–Y tampoco tenemos que contarle nuestras sospechas ni las pruebas que tenemos. Simplemente, decirle que vamos allí para ver si encontramos algo que nos ayude en la resolución del caso –añadió Diego.

–Bueno, vale –cedió su hermana–. Pero tienes mucho morro.

Inculpados · 29

En cuanto regresaron a casa, Pablo, sugestionado todavía por la cambiante forma lumínica que habían visto en el río, se puso a hacer un experimento.

Hacer slime

(Este truco conviene hacerlo bajo la supervisión de un adulto)

Materiales:

Dos recipientes
150 ml de agua
Detergente líquido
Cola blanca
Colorante comestible
Cuchara de postre

Procedimiento:

1) Colocar en uno de los recipientes dos cucharaditas de cola blanca.

2) Agregar tres gotitas de colorante comestible.

3) Mezclar todo lo anterior hasta conseguir una masa uniforme. Si se quiere un color más intenso, agregar colorante.

4) En otro recipiente, agregar dos cucharadas de detergente líquido y una de agua y remover hasta que se mezclen.

5) Juntar las dos mezclas y remover hasta conseguir una masa uniforme. Amasar con las manos hasta que tome mejor consistencia.

6) Lavarse las manos siempre inmediatamente después de jugar con el *slime* y evitar llevarse los dedos a la boca o la nariz.

Una vez que tuvo listo el *slime*, Pablo se lo enseñó a los demás, que fliparon en colores.

–¡Hala, qué guay! –exclamaron al ver cómo el *slime* cambiaba de forma.

–A ver, déjamelo –le pidió Natalia–. ¡Qué gozada! ¡Me encanta!

–Creo que lo que vimos en el agua ha tenido que ser un truco parecido, pero lo que resulta extraño es el modo en que cambiaba de forma. No acabo de entender cómo lo hacen esos tipos de la secta –comentó Pablo, pesaroso.

–Pablo, no le des tantas vueltas. Ellos tienen poderes o algún tipo de magia –trató de animarlo Verónica–. Venga, vamos a ensillar los caballos, que Marcos debe de estar a punto de llegar. A ver si por fin conseguimos pillar a Miguel en plena faena y darles a los de la dichosa secta en todos los morros.

Los caballos, atados a las argollas de la caseta, esperaban pacíficamente a que los niños les colocaran las monturas.

De vez en cuando balanceaban la cola para espantar alguna mosca o cambiaban el peso de las patas.

A Venus y a Yerma se les cerraban los ojos mientras Verónica les cepillaba la cola y las crines. Esas breves siestas que se echaban de pie las dos yeguas parecían resultarles muy placenteras. Solo eran interrumpidas temporalmente por Terrumi, que andaba de aquí para allá metiendo el hocico en todas partes o dando alguna coz al aire.

Verónica había terminado ya de ensillar a Yerma. Pero trataba de aplacar el nerviosismo que le provocaba la inminente llegada de Marcos ayudando a sus primos con sus respectivos caballos.

Iba de aquí para allá desplegando una actividad frenética: comprobaba que las mantas estuvieran bien extendidas, desenredaba crines, apretaba las cinchas, estiraba las riendas...

Pero de nada le sirvió todo ese derroche de diligencia. En cuanto oyó un ruido de moto acercándose a la finca, sintió que un ejército de hormigas invadía su estómago.

Todavía tenía muy presente la discusión que había mantenido la víspera con sus primos acerca del duelo de espadas entre Marcos y Jonás.

Quería pensar que eran imaginaciones suyas eso de que los dos estaban por ella.

Pero... ¿y si tuvieran razón?

Si fuera así, ya no se iba a sentir tan cómoda con Marcos. Eso la intimidaba.

El sábado por la mañana lo habían pasado genial, montando a caballo y hablando de mil cosas. Pero, de pronto, el panorama había cambiado radicalmente.

Sintió rabia contra sus primos por haber planteado una situación que igual ni siquiera se correspondía con la realidad, pero que a ella la colocaba en una posición incómoda, que le restaría naturalidad.

Ya no iba a saber cómo actuar con Marcos.

Si estaba simpática y atenta, podría pensar que estaba por él.

Y no era cierto.

¿O sí?

¿Le gustaba?

Verónica apretó la cincha de Yerma más de la cuenta y esta dio una patada en el suelo para mostrar su contrariedad.

–Tienes que bajar barriga, Yermita, que antes te la ponía en ese agujero.

Por el ruido de la moto, Verónica supo que Marcos había entrado ya en la finca, pero no se atrevía ni a mirar.

Estaba bloqueada.

Muerta de vergüenza.

Y aunque ya todos los caballos estaban ensillados, fingió comprobar las cinchas una vez más y ver que las riendas no estuvieran retorcidas.

El ruido del motor cesó de repente y Verónica se tensó como la raíz de un chopo cuando tratas de arrancarla.

–Imagino que ya os habréis enterado de los rumores que corren por el pueblo –oyó decir a Marcos.

–¿Qué rumores? –preguntaron Diego y Javi al mismo tiempo.

–Cuentan que sois vosotros los que habéis robado los corderos.

–¿¿¿Quéééé??? –gritaron todos a coro.

–Según dicen, alguien os ha visto transportar corderos en la canoa el mismo día de los robos.

A Verónica se le olvidó de golpe el idilio inventado por sus primos y saltó indignada:

–¿Quién nos ha visto? Eso es una mentira como una catedral. ¿Y tú te lo has creído? –le espetó. Le salía fuego por los ojos.

—Claro que no. De hecho, estuve investigando de dónde había salido semejante bola para pararla. Pero nadie lo sabía. Uno lo había oído por ahí, a otro se lo había dicho no sé quién... Alguien comentó que Satur también sospechaba de vosotros, porque justo habíais ido a verlo el día de los robos para contárselo y, al parecer, queríais criar con biberón a uno de sus corderos.

—¡Eso ya es el colmo! —se enfureció aún más Verónica—. ¡Encima de que le ayudamos porque no quería mamar! ¡Se va a enterar ese desagradecido!

—Pero si incluso dijo que quería contratarte —añadió Natalia, también muy enfadada.

—En todo caso, seríamos nosotros quienes podríamos sospechar de él, porque tenía dos corderos que necesitaban una madre adoptiva. Y eso sí que es raro —concluyó Verónica.

—¡Tranquilos! —les dijo Diego—. A la vuelta del paseo, nos pasamos por su cabaña a ver si es verdad que ha dicho eso.

—Y si no, ¿cómo iban a saberlo en el pueblo? —apuntó Javi.

—A lo mejor él contó las cosas de una manera y otra persona las tergiversó intencionadamente para hacer recaer las sospechas sobre nosotros —dedujo Pablo.

Todos los primos pensaron en la misma persona: Miguel.

Seguro que, al enterarse de que estaban investigando el caso, quiso darle la vuelta a la tortilla y acusarlos a ellos antes de que descubrieran que era él el autor de los robos.

Una táctica muy retorcida que le iba a costar muy cara.

Pero no dijeron nada.

No querían que nadie se enterara de que sospechaban de él para poder cazarlo con todas las de la ley.

No obstante, mientras montaban en los caballos, Verónica recordó que ella había visto durante un instante a Marcos pescando en el río la mañana que había estado ayudando al parto de la vaca, y que sus primos habían visto unos cuantos corderos que, al minuto siguiente, ya no estaban. Esos recuerdos la dejaron muy preocupada.

¿Tú qué crees?

Si tienes buena capacidad de deducción, seguro que sabrás ya por qué Verónica está tan preocupada.

1) Tiene miedo de que Marcos crea el bulo que han hecho correr por el pueblo.

2) Teme que la secta haya proyectado un holograma de ellos dentro de la canoa con los corderos.

3) Está convencida de que el padre de Miguel pertenece a esa secta y tiene que ver con la mentira que corre por ahí sobre ellos.

4) Piensa que Miguel ha conseguido manipular a Satur enseñándole la fotografía trucada de ellos para que hiciera correr el bulo por el pueblo.

Máxima tensión · 30

Montada en Yerma, Verónica iba ensimismada.

Le había asaltado la idea de que, igual que ellos habían tenido unas visiones extrañas que no eran reales, alguien podría haberlos visto también a ellos de esa manera.

Y de nuevo cobró fuerza en su cabeza la teoría de alguien con mucho poder, capaz de proyectar hologramas sin necesidad de pantalla, que estaba jugando con ellos.

Lógicamente, esto le preocupaba bastante más que un bulo inventado por el auténtico ladrón, ya que este sería fácil de desmontar en cuanto tuvieran suficientes pruebas para incriminarlo.

En cambio, si alguien los había visto llevando corderos dentro de la canoa, sería muy difícil hacerle entender que eso era una ilusión óptica o una triquiñuela de una poderosa secta que manejaba una tecnología muy puntera, o un truco de magia.

¿Quién en el pueblo se tragaría algo así?

La gente cree solo lo que ve.

Y lo que ve va a misa.

Ahí no hay discusión posible.

–Estás muy seria. No pensarás que yo me he creído ese bulo, ¿verdad?

Verónica se tensó inconscientemente al sentir la cercanía de Marcos.

Acababan de tomar ya el ramal que conducía al puente del Naranjo y era un camino demasiado estrecho para ir en parejas; al menos, con los caballos, marchaban siempre en fila india.

Por eso le sorprendió que Marcos se hubiera puesto a su lado.

Y encima, al hacerlo, le había rozado la pierna.

–Espero que no te lo hayas creído –le respondió ella sin abandonar la tensión.

Los dos iban a la cola de la expedición, Terrumi detrás.

Diego iba a la cabeza, con Blackie y los primos en medio.

–Claro que no –le susurró él casi al oído.

Y a continuación le agarró las riendas con su mano izquierda para que ralentizara a Yerma, poniendo su mano sobre la de ella.

–¿Qué haces? –le recriminó molesta.

–Ssssh –Marcos hizo el gesto de llevarse el dedo a la boca.

–Ten cuidado, Yermita es muy asustadiza –insistió Verónica para que volviera a ponerse detrás de ella.

Pero él no cedió, y sus yeguas ralentizaron el ritmo respecto al resto del grupo.

—Me he enterado de que le gustas a Jonás —le soltó como una bomba.

Verónica estuvo a punto de dar un bote encima de Yerma.

Y los ojos casi se le salen de las órbitas.

—¿Qué? ¿Quién te ha dicho semejante cosa?

—Bueno, es un secreto a voces.

—La gente se aburre mucho, ya ves la mentira que han hecho correr sobre nosotros —trató de sonar indiferente, cuando todas sus terminaciones nerviosas estaban a punto de explotar.

—Pero es que en el caso de Jonás es muy evidente. Tú misma tienes que haberte dado cuenta, ¿o no?

Verónica sintió unas ganas tremendas de meterle tacones a Yerma y ponerla al galope para librarse de esa situación tan incómoda.

Y seguramente lo habría hecho de no ser por el riesgo que había en ese camino tan estrecho de alterar a los caballos y que se desbocara alguno de ellos.

Pero no disimuló su fastidio.

¿Por qué insistía en un tema tan delicado?

¿Qué le importaba si Jonás estaba o no por ella?

¿Acaso no veía lo tensa que estaba?

¿No se daba cuenta de que no quería hablar de ese tema?

La pierna de Marcos volvió a rozar la suya.

De hecho, resultaba ya imposible avanzar sin que sus piernas se entrechocaran constantemente.

—Pues no, no me he dado cuenta —replicó ella, bastante cortante.

–No es posible. Tú eres una chica muy perceptiva. Será que no quieres darte cuenta.

¡Eso ya era el colmo!

Verónica tuvo ganas de darle una torta.

Estaba roja hasta la raíz del pelo.

No sabía cómo manejar una situación que se le estaba yendo totalmente de las manos.

Ni siquiera se atrevía a mirarlo. Seguro que se estaría riendo de ella al verla tan apurada.

En vista de su silencio, él insistió:

–¿Qué pasa? ¿Que a ti no te gusta?

Y su pregunta fue la gota que hizo desbordar el vaso.

Verónica estaba tan furiosa ante semejante tercer grado que se volvió muy airada hacia él.

–¿Y a ti qué más te da si me gusta Jonás o me deja de gustar?

–Estás muy guapa enfadada. Se te han puesto los ojos amarillos, como los de los tigres cuando están a punto de atacar.

–¿Acaso te ha atacado alguna vez un tigre? –le preguntó ella con retintín, aunque le hizo gracia su salida.

–Los he visto en los documentales de National Geographic.

Verónica se relajó un poco con el nuevo giro que parecía haber dado la conversación.

Por eso, el siguiente comentario de él la pilló con la guardia baja, totalmente desprevenida.

–Necesito esa información para saber si te puedo tirar los trastos.

En un primer momento, Verónica se quedó patidifusa.

Sin capacidad de reacción.

Pero enseguida pensó que tenía que ser una broma, que no podía haber nadie con tanto descaro, y decidió devolvérsela.

—¿Siempre eres tan vacilón?

—No te estoy vacilando. Es la verdad —respondió muy serio.

Ahí sí que se quedó muda, totalmente bloqueada, ya no supo qué responder.

Y, de remate, Javier, al ver lo rezagados que se habían quedado, les gritó:

—¡Eh, parejita, dejad el tonteo para más tarde, que así no llegamos ni mañana! ¡Venga, vamos a galopar!

¡Lo que le faltaba!

Le dieron ganas de matar a su primo.

Aunque la había librado de tener que continuar una conversación para la que no se sentía preparada.

Hecha un lío · 31

El galope supuso para Verónica una liberación.

Aunque sabía que era solo una liberación pasajera.

Temía que, en cuanto llegaran al puente del Naranjo, Marcos volviera a la carga.

Y ella no iba a saber qué decir.

Si le decía que no, la relación tan buena que tenían dejaría de serlo.

Y si le decía que sí, le vendrían encima un montón de problemas con los que no se sentía capaz de lidiar.

Nunca había salido con ningún chico, y no sabía qué esperaba Marcos exactamente de ella.

¿Querría besarla?

Sabía que algunas niñas eran muy lanzadas, lo había comprobado en el internado.

A su lado, ella era una auténtica pardilla.

Pero se sentía mucho más cómoda siéndolo.

Lo otro le venía grande.

Y encima, él vivía en Inglaterra.

¿Cuándo se iban a ver?

Y, por si fuera poco, provocaría un conflicto entre Marcos y Jonás.

Y tampoco ella quería perder la amistad de los gemelos...

¡Vaya lío!

En el fondo, se daba cuenta de que no hacía más que poner excusas porque estaba asustada.

Sus sentimientos eran como una madeja de lana enmarañada por un gatito juguetón.

Estaba claro que Marcos no la dejaba indiferente, pero le aterraba dar el paso y encontrarse en un punto desconocido, sin saber cómo actuar.

Le gustaba tenerlo todo controlado. Y se daba cuenta de que, en cuestiones amorosas, las cosas se salían de control.

–¿Dónde atamos los caballos? ¿Pasado el puente o antes? –preguntó Diego.

–Es mejor pasado el puente. Yo me sé un buen sitio –dijo Marcos.

Y se adelantó con Polka hasta ponerse el primero.

Verónica respiró aliviada al ver cómo se alejaba de su lado.

Y aún se sintió más aliviada al ver que no intentaba ningún nuevo acercamiento ni volvía al punto de la conversación que había quedado pendiente.

Se hubiera sentido muy violenta con su hermano y sus primos delante.

Una vez atados los caballos, Marcos preguntó:

–¿Qué es lo que tenemos que buscar exactamente?

—Cualquier objeto que veas: huellas de pies o de animales, trozos de lana... —le informó Pablo.

—Y ten cuidado de mirar bien por donde pisas para no borrar las huellas que pueda haber —le advirtió Diego.

—Vale. Me encanta hacer esto. ¿Cuándo decidisteis montar una agencia de detectives? —les preguntó.

—Con el caso de la casa embrujada —le respondió Natalia.

—La famosa casa embrujada —repitió él con tono misterioso.

—¡Y bien difícil que era el caso! ¡Menudo miedo pasamos! —dijo Javier dándose importancia.

—Verónica me la enseñó al pasar el otro día por delante. Pero me tenéis que contar qué pasó exactamente y cómo lograsteis resolverlo, con pelos y señales.

Al oír su nombre de boca de Marcos, Verónica sintió un ligero estremecimiento.

—¿Quieres ver el escondite secreto que encontramos en uno de los arcos del puente? —le preguntó Pablo, sacando una linterna de su bolsillo.

—¿Un escondite secreto? ¡Guau, qué emocionante! Con la de veces que vengo yo a pescar aquí y no lo conozco...

Cuando Marcos se alejó con Pablo, Verónica sintió una mezcla de alivio y añoranza.

Alivio porque se alejaba del peligro.

Y añoranza porque, aunque le costara reconocerlo, le gustaba estar a su lado.

Le pareció que el amor era como ir por una cuerda floja, intentando conservar el equilibrio y con el riesgo de caerte en cualquier momento.

¡Con lo feliz que estaba ella sin tanta complicación!

Claro que, al ver sus reacciones de niña pequeña, igual Marcos había desistido.

Mejor. Mucho mejor.

Sin embargo, su corazón decía otra cosa bien distinta.

¿Tú qué crees?

Di cuál de estas opciones te parece la más certera:

a) En vista de la actitud huidiza de Verónica, Marcos ha decidido echarse atrás.

b) Marcos está esperando a quedarse a solas con Verónica para intentar otro acercamiento.

c) Marcos no se decide a dar el paso para no hacer daño a Jonás.

d) Marcos solo ha estado tanteando a Verónica para informar a Jonás de si a ella le gustaba o no.

Un hallazgo importante • 32

Mientras Pablo le enseñaba a Marcos el escondite secreto, los demás se desperdigaron por la zona para rastrearla de arriba abajo.

Reinaba esa calma propia de los domingos, en que hasta la naturaleza parece estar en letargo, con pereza, como los lagartos en verano.

Quizá por eso cada sonido se oía con una minuciosa nitidez.

Verónica escuchó maravillada el canto de una abubilla, siempre con la misma cadencia: pu-pu-pu, pu-pu-pu, pu-pu-pu...

Un silencio corto, y vuelta a empezar.

Eso pareció animar a un mirlo. Y luego, a otro que le respondía. El de ellos era un canto más silbado, con redoble al final.

Y por debajo seguía incansable la abubilla. Como un ostinato.

Se preguntó qué se estarían diciendo.

Seguro que no eran tan complicados como los humanos.

Ni tendrían problemas para ligar.

Ni timideces.

Terrumi la seguía allá adonde iba.

Estaba juguetona.

No acababa de entender que Verónica tenía una misión que llevar a cabo, y constantemente la empujaba con la cabeza o hacía una cabriola.

De vez en cuando, ella la acariciaba o le daba un achuchón.

Las dos se alejaron unos metros del puente.

Y de pronto...

Un relincho desesperado.

Verónica vio que la potrilla se había metido en un hoyo oculto por unas ramas y no era capaz de salir de él.

Corrió hacia allí con el corazón en un puño, la agarró por el cabezal y tiró de ella con todas sus fuerzas hasta que consiguió sacarla.

En ese momento bendijo la idea de Marcos de dejarla siempre con el cabestro puesto, como lo llamaba él, para facilitar la doma.

Sin esa sujeción, habría sido una operación bastante más compleja.

Una vez que salió, Terrumi le lamió la mano, agradecida, y Verónica le acarició el hocico.

La potrilla expulsó por él un aire cálido, todavía asustada.

Verónica pegó entonces su nariz al hocico de la potrilla e hizo lo mismo que ella.

Ella le respondió.

Y así unas cuantas veces.

Era un ritual que también Verónica practicaba con Yerma, la mamá de Terrumi.

Una especie de código secreto a través del cual se comunicaban.

Pero, pasado el susto y después de comprobar que la potrilla no cojeaba, Verónica procedió a investigar a fondo ese hoyo que parecía una trampa.

Quitó todo el ramaje que lo ocultaba y vio que en realidad no era un simple hoyo, sino la entrada a un pasadizo secreto.

Se metió dentro y, encorvada, anduvo unos cuantos pasos.

El corazón le latía tan fuerte que parecía retumbar contra las paredes del pasadizo.

¡Por fin había descubierto cómo robaba Miguel los corderos!

Oculto ahí, solo tenía que esperar a que pasara el rebaño, alargar un brazo y atrapar con diligencia el mayor número posible de corderos.

Después les daba la pócima de la mimosa mezclada con leche para atontarlos y que no balaran.

Seguramente permanecería un buen rato ahí agazapado hasta comprobar que había pasado todo el rebaño, y luego los conduciría hasta el final del pasadizo, donde lo esperarían las personas para las que robaba.

Sin embargo, seguía habiendo algo que no encajaba: ¿por qué utilizar a Miguel para robar unos corderos en lugar de comprarlos? Si, total, le pagaban a él...

De pronto se acordó de la cantidad de sucesos extraños que les habían ocurrido últimamente, y le entró pánico de que aquel lugar fuera una trampa que pudiera cerrarse inesperadamente con algún mecanismo y dejarla sepultada allí para siempre, enterrada en vida.

Los demás no sabían dónde estaba…

Sintió una claustrofobia opresiva en aquel reducido espacio.

Y, rápidamente, volvió sobre sus pasos.

Lo primero que se encontró al salir fue la cabeza de Terrumi, que la estaba esperando, preocupada.

Seguramente pensaría que también ella se había caído dentro de aquella trampa.

—¡Eh, venid rápido! —les gritó a los demás—. ¡He encontrado un pasadizo secreto!

Paralizada · 33

Los cinco niños llegaron corriendo, sofocados por la carrera.

Verónica los esperaba impaciente, deseando soltarles la bomba.

Le brillaban los ojos como el ámbar con la luz del sol y una amplia sonrisa iluminaba su cara. A pesar de lo contenida que era en sus emociones, en esta ocasión le costaba reprimir la alegría desbordante que sentía por su hallazgo.

—¡Mirad, he encontrado un pasadizo secreto! —les señaló el agujero—. Bueno, en realidad fue Terrumi la que lo encontró. Se cayó dentro porque estaba oculto por unas ramas. La saqué y luego me di cuenta de que era la entrada de una cueva. Pero, una vez ahí, comprobé que en realidad es un pasadizo. No he ido hasta el final porque he visto que era muy largo. He preferido avisaros por si me pasaba algo.

—Vamos, que te hiciste caquita —se burló Javi.

—Has hecho bien en llamarnos —intervino Marcos—. Hubiera sido una tontería adentrarte tú sola sin saber nosotros dónde estabas.

A Verónica le gustó esa muestra de preocupación por ella. ¿Le seguiría gustando?

—Nos van a hacer falta las linternas. Está muy oscuro —dijo para disimular su desasosiego.

—Pero no podemos ir todos. Alguien tiene que quedarse con los caballos —razonó Diego.

—Y para poder avisar si pasara algo —añadió Natalia.

—Que se queden Verónica y Marcos, que son los que mejor manejan a los caballos —propuso Javi y, arrebatándole el teléfono a su prima, añadió—: Me llevo tu móvil para hacer fotos.

Verónica habría matado ahí mismo a su primo.

Y, por si fuera poco, Marcos añadió:

—Me parece bien. Nos quedamos los dos, ¿verdad, Vero?

Verónica sufrió un nuevo bloqueo.

Después de la claustrofobia que había sentido dentro del túnel, no tenía ningún interés en recorrerlo hasta el final, pero peor era quedarse a solas con Marcos.

Y, presa de esa rigidez, no se le ocurría ninguna excusa para oponerse sin sonar borde.

Tardó tanto en reaccionar que, cuando se quiso dar cuenta, ya su hermano y sus primos se habían internado en el túnel y Marcos estaba junto a ella, contemplándola divertido.

—No te preocupes, que no se van al fin del mundo. No creo que ese túnel mida más de doscientos metros.

Doscientos metros podían ser una eternidad.

En doscientos metros, a Marcos le daría tiempo a declararse cien veces. Durante doscientos metros, su silencio parecería de ultratumba.

Por eso, Verónica se apresuró a iniciar una conversación que la mantuviera a salvo de diálogos comprometidos.

—Menos mal que le dejaste puesto el cabestro a Terrumi; si no, habría sido complicado sacarla de aquí —comentó nerviosa.

Pero todavía se puso mucho más nerviosa cuando sintió que Marcos la cogía de la mano.

Así, sin más. Sin decir nada. Sin venir a cuento.

¿Cómo podía tener tanto descaro?

Le dieron ganas de soltarse de un tirón. Pero él la tenía sujeta con mucha firmeza. Tendría que ser un tirón muy violento. Y no quería provocar una situación todavía más incómoda, que la llevaría a tener que dar demasiadas explicaciones.

Sentía su mano fría y agarrotada dentro de la de él, cálida y envolvente.

A Verónica le preocupó que se diera cuenta de su inexperiencia, de que estaba paralizada.

Le gustaba el tacto de su mano, sentía tintinear todas sus terminaciones nerviosas, pero estaba muerta de vergüenza y solo pensaba en cómo poder soltarse de una manera casual, sin brusquedad.

Solo le faltaba que su hermano y sus primos los vieran de la mano.

Ni siquiera podía escuchar lo que él le decía, porque también sus oídos estaban entumecidos, como toda ella.

Y sus palabras no conseguían ir más allá del pabellón externo.

Eran como el ostinato de la abubilla: pu-pu-pu, pu-pu-pu, pu-pu-pu...

Un sonsonete que no era capaz de descifrar.

De todo aquel arrullo, Verónica solo logró escuchar lo último que le dijo:

–Eres muy diferente de todas las chicas que conozco.

¡Y tanto! Era difícil encontrar una más pardilla, más tímida, más inexperta, más boba, menos espabilada en cuestiones amorosas...

Ninguna de sus amigas era tan papanatas.

Cualquiera de ellas era mil veces más lanzada y resuelta que ella.

–Me encanta cómo eres. Me pareces muy auténtica.

Quería gritar: «¡Noooo! Por ahí noooo. Para, por favor».

Y de pronto, milagrosamente...

¡Encontró su salvación!

¿Tú qué crees?

¿Cuál de estas cosas crees que es la salvación de Verónica?

a) Una caja de chicles.

b) Polka se ha soltado del árbol donde estaba amarrada.

c) Una piedra brillante.

d) Alguien reclama ayuda.

e) Marcos se tuerce un tobillo.

Nuevas pruebas incriminatorias · 34

Los cuatro primos que se habían internado en el túnel iban muy despacio, escudriñando cada pequeño hueco, atentos a cualquier ruido.

De ancho medía poco más de medio metro, y de alto no llegaba al metro veinte. De modo que tenían que andar bastante encorvados; sobre todo, Pablo.

Resultaba angustioso caminar por él.

—¡Esto tiene que estar lleno de huellas de Miguel! Deberíamos haber traído el kit para tomarlas —comentó Pablo.

—Podemos volver mañana para hacerlo —sugirió Natalia.

—Imposible. Estarán las nuestras por encima —le respondió él.

—Igual, a la salida, encontramos alguna. Ahí será más fácil localizarlas que aquí dentro —opinó Diego, que estaba deseando salir. Empezaba a agobiarse por la falta de aire y el ambiente opresivo.

Javier, que iba el primero, enfocaba la linterna hacia todos los ángulos para que no se les pasara ningún detalle que pudiera resultar clave en el caso.

Javier está a punto de encontrar dos cosas. Si te fijas bien en la ilustración, seguro que también serás capaz de descubrirlo. Y Pablo le va a dar un consejo para cogerlas. ¿Se te ocurre qué puede ser?

–¡He encontrado otra caja de chicles! ¡Creo que es igual que los que toma Miguel! –exclamó, iluminándola con la linterna.

–¡No la toques con las manos! –le advirtió su hermano–. Ahí estarán sus huellas. Cógela con la camiseta y métela en la bolsa de plantas de Natalia.

–¡Uf! Me estoy agobiando, no puedo respirar, siento claustrofobia –se quejó Diego.

–Sí, es bastante asfixiante, pero no creo que falte ya mucho –lo animó Natalia.

–Lo siento, pero me vuelvo. No puedo seguir –insistió él.

–Igual es menor el trayecto que falta que el que hemos recorrido –apuntó Javi.

–¡Qué rabia no tener una bolsa! –se lamentó Pablo.

–Yo tengo una –dijo Natalia–. ¿Para qué la quieres?

–Para que Diego respire dentro de ella y se le quite la angustia. Dámela rápido.

Natalia sacó una bolsa de papel de su bandolera. La llevaba siempre por si encontraba alguna raíz interesante y tenía que envolverla para que la tela no se le manchara de tierra.

Pablo abrió la bolsa y obligó a Diego a respirar dentro de ella.

–¿Mejor?

–Sí. Mucho mejor.

–Hemos recorrido trescientos metros –les informó Javi consultando su reloj, que tenía cuentakilómetros–. Ya no creo que nos quede mucho más. Pero, si quieres, nos volvemos uno de nosotros contigo.

—Bueno, sigo otro poco; a ver si es verdad que esto no llega hasta el centro de la Tierra.

Diego iba aferrado a la bolsa de papel y, cada cierto tiempo, respiraba dentro de ella con ansiedad.

—¡Mirad, ahí hay un botón! —exclamó Javier, eufórico, enfocándolo con la linterna.

—Pues recógelo del mismo modo que la caja de chicles, sin dejar tus huellas, y mételo en la bolsa de Natalia —volvió a indicarle Pablo.

Esas dos adquisiciones levantaron el ánimo de Diego.

Por lo menos, a pesar de su claustrofobia, la incursión en el túnel había resultado útil. Si bien la experiencia le sirvió para descartar la profesión de arqueólogo, que hasta ese momento figuraba entre sus favoritas.

Estaba deseando salir al exterior y poder respirar aire puro.

Por fin, después de andar otros tantos metros más de los ya recorridos, atisbaron luz al final del túnel.

Javier fue el primero en verla y enseguida les dio la buena noticia.

Después hizo pasar delante a Diego, que se precipitó como loco hacia la salida.

—¡Intenta no pisar posibles huellas! —le gritó Pablo.

Diego asomó la cabeza al exterior y aspiró con avidez una bocanada de aire.

Luego sacó medio cuerpo y miró en derredor buscando huellas.

De frente, Diego descubrió dos tipos distintos de pisadas, algo borrosas.

A continuación se dio la vuelta y exploró la parte de atrás del terreno.

Ahí la tierra estaba intacta.

Así que salió en esa dirección, a pesar de que resultaba más complicado, para no fastidiar las huellas del otro lado.

Durante unos segundos necesitó hacer inspiraciones completas, como si todo el oxígeno del campo no le llegara para llenar sus pulmones.

Pero, en cuanto vio asomar la cabeza de Javier, le advirtió:

—Gira ciento ochenta grados para salir.

Gracias a su agilidad, Javi saltó al exterior como una liebre que surge de su madriguera.

Una vez fuera, Diego le indicó dónde estaban las huellas para que hiciera las fotos antes de que salieran los demás.

Pero aún no había terminado cuando Natalia asomó la cabeza.

—Espera un momento a que Javi acabe de fotografiar las huellas —la retuvo Diego.

Javi, metido a fondo en su papel de fotógrafo, disparaba instantáneas desde todos los ángulos posibles, a diestro y siniestro.

Clic.

Clic.

Clic.

Clic.

Mira las fotos que hizo Javi. ¿Cuántos tipos de huellas ves tú? ¿A qué crees que pertenecen?

Cuando por fin Pablo pudo salir a la superficie, estaba furioso.

–¡Casi me ahogo! ¡Lo que habéis tardado!

–Tenía que hacer fotos de todas las huellas –replicó Javier.

–Eran las botas de siete leguas, ¿no? –ironizó su hermano.

–Pues no vas desencaminado –respondió él apuntando hacia las huellas.

Las pisadas más próximas al hoyo eran de tamaño normal, dos o tres números más que las deportivas de Pablo, y con dibujo.

Las otras eran unas huellas sorprendentemente largas, estrechas y lisas.

–Estas no son huellas de zapatos, son rarísimas. Igual son de algún animal –opinó Pablo.

–Tendremos que mirar en internet –dijo Diego.

–Huy, pues vámonos antes de que aparezca –los apremió Natalia.

Los cuatro echaron una mirada en derredor, tratando de orientarse.

A su izquierda había una gran explanada de tierra rojiza.

Sin un solo árbol.

Ni un mísero arbusto.

Parecía el desierto de Arizona.

Y a la derecha había un sembrado separado de la explanada por la carretera sin asfaltar que subía desde el puente del Naranjo y se juntaba luego con la que iba hacia Santa María la Real de Nieva.

En ella encontraron huellas de tractor, que también fotografiaron.

–Hemos recorrido ochocientos cuarenta metros –les informó Javi, volviendo a consultar su reloj.

–Bueno, la vuelta se me hará cortísima –comentó Diego, aliviado por no tener que volver a recorrer aquella catacumba.

Salvada... ¡Por dos veces! • 35

Verónica no podía creer su suerte.

Gracias a tener los ojos fijos en el suelo, del apuro que le daba estar de la mano de Marcos, acababa de descubrir, medio oculta por unas ramas, otra caja de chicles. Era igual que las que compraba Miguel.

Verónica soltó la mano con decisión y se precipitó hacia la caja como si hubiera descubierto un tesoro arqueológico de incalculable valor.

Era consciente de que había hecho un movimiento un tanto brusco e inesperado, pero al menos había una causa que lo justificaba.

—¡Mira lo que acabo de encontrar! —exclamó con una alegría desproporcionada.

—¿Una caja vacía de chicles? —comentó Marcos, decepcionado.

Verónica estaba a punto de decir que eran de Miguel.

Pero, por suerte, se acordó a tiempo de que no podían informar a nadie de que era el sospechoso del robo y lo tenían ya contra las cuerdas. Al fin y al cabo, Marcos era amigo suyo y podía irse de la lengua con él o con cualquier otro amigo.

Y eso sería fatal.

En un pueblo se esparcían los rumores como la pólvora.

Durante un instante, se le paró el corazón solo de pensar en la metedura de pata tan grande que habría sido decírselo.

Y en la bronca que le habría caído de los otros.

–¿Es esta una manera sutil de decir que no te gusto? –preguntó él frunciendo la frente y achicando los ojos.

–¡No, no, qué va! Es que cualquier prueba es importante. Y más ahora que nos acusan a nosotros de haber robado los corderos.

–Me dio la impresión de que querías librarte de mí –dijo rozándole la cara con un dedo.

Ella se volvió a tensar. Y él lo notó.

–Creo que tendría muchas más posibilidades contigo si fuera caballo –dijo él, muy serio.

Ella se rio a la vez que se relajaba. Esas salidas suyas le hacían mucha gracia.

–Seguro que se te da bien relinchar –bromeó.

–Sí, bastante mejor que declararme a una chica –respondió él encogiéndose de hombros.

Ella se volvió a poner a la defensiva, porque no sabía cómo lidiar con esa situación.

–¿Qué pasa? ¿No has salido nunca con un chico?

Verónica vaciló unos segundos antes de contestar.

La respuesta era claramente un no.

Pero se decantó por una contestación a la gallega, o sea, haciendo a su vez otra pregunta.

–¿Y tú has salido con muchas?

–Alguna. Pero ninguna tan difícil como tú.

–¿Difícil por qué? –se mosqueó ella.

–Porque me lo tengo que currar un montón –le susurró al oído.

Verónica sintió que le trepidaban todas las terminaciones nerviosas y se le ponía la piel de gallina.

Entonces notó los labios de él rozándole la mejilla.

Y pensó, apurada, que seguro se habría dado cuenta del calor que desprendía.

–Es que vas muy rápido.

–¿Acaso aquí hay un protocolo establecido para estas cosas? –preguntó él con pitorreo. Se notaba que se estaba divirtiendo.

–Bueno... no... No se trata de protocolo –balbuceó ella.

–Pues da la impresión de que tuvieras una escala de medir.

Verónica comprendió que ella misma se había metido en un jardín del que le iba a resultar difícil salir.

–No... no es eso... Es que... apenas te conozco.

–Ah, claro, se me olvidaba que eres detective –comentó él, tratando de parecer serio pero sin poder disimular lo bien que se lo estaba pasando–. Supongo que necesitas hacerme la ficha policial completa.

Su nueva salida volvió a hacerle gracia, y se relajó al advertir que por ese camino se sentía más a salvo.

–Naturalmente. Necesito saber que no tienes antecedentes –dijo con tono profesional.

–¿Solo los míos, o también los de mis antepasados?

–Supongo que con los tuyos basta.

–¿Y cuánto tiempo crees que nos puede llevar eso?

–Bueno, los sentimientos complican un poco las tarea. No son reglas matemáticas.

–Ahí te doy la razón –volvió a susurrarle en el oído.

Pero esta vez las voces de su hermano y sus primos la salvaron de que él pudiera ir más lejos en sus avances amorosos.

¿Tú qué crees?

Los primos que recorrieron el túnel le van a recriminar algo a Verónica. ¿Sabes qué puede ser?

a) Que los caballos se hayan alejado demasiado.

b) Que haya recogido la caja de chicles dejando las huellas de sus dedos.

c) Que no se haya preocupado por su tardanza.

d) Que no haya hecho un rastreo mayor.

e) Que no haya vigilado por si pasaba alguien por allí en ese rato.

Un encuentro inesperado • 36

—¡Por fin estáis aquí! —exclamó Verónica, sintiéndose a salvo de nuevos acercamientos amorosos por parte de Marcos.

—Sí, y lo hemos pasado fatal —dijo Diego—. Era un túnel larguísimo y muy oscuro.

—Ay, Diego, con la claustrofobia que te dan los sitios estrechos. ¿Y cómo has aguantado? —se preocupó su hermana.

—Natalia me ha dado una bolsa y Pablo me ha obligado a respirar dentro —contestó Diego, muy ufano.

Verónica lo miró confundida.

—¿Te has metido dentro de una bolsa? Eso sí que es claustrofóbico. ¿Y cómo has cabido?

Todos se echaron a reír por su salida.

—Vero, es un truco para la gente que tiene claustrofobia: solo hay que colocar la bolsa abierta en la cara, meter la nariz y la boca y respirar dentro.

—¿La bolsa cura la claustrofobia? —volvió a preguntar ella, desconcertada.

—No es que la cure —le aclaró Pablo—. Es que, cuando una persona tiene miedo a quedarse sin aire, se pone a hiperventilar, y ello hace que aumente el oxígeno y disminuya el anhídrido carbónico en la sangre, lo cual puede ocasionar mareos, temblores e incluso calambres. Lo que se consigue con la bolsa es incrementar el anhídrido carbónico, y de ese modo se regula el equilibrio de ambos en la sangre —concluyó el científico del grupo su lección magistral.

—¡Ostrís, Pablo! Si pareces un médico profesional —se admiró Natalia.

Contra la claustrofobia

Si en alguna de tus investigaciones te ves obligado a pasar por algún lugar estrecho y cerrado y te agobias, sigue estos trucos.

1) Colocar una bolsa de papel en la boca y soplar dentro de ella sin que salga el aire por fuera. Verás cómo se hincha y se deshincha.

2) Centrar la mente en pensamientos agradables y placenteros: un paisaje, el sonido del mar, las vacaciones... No hay un pensamiento «modelo», a cada persona le hace feliz una cosa diferente.

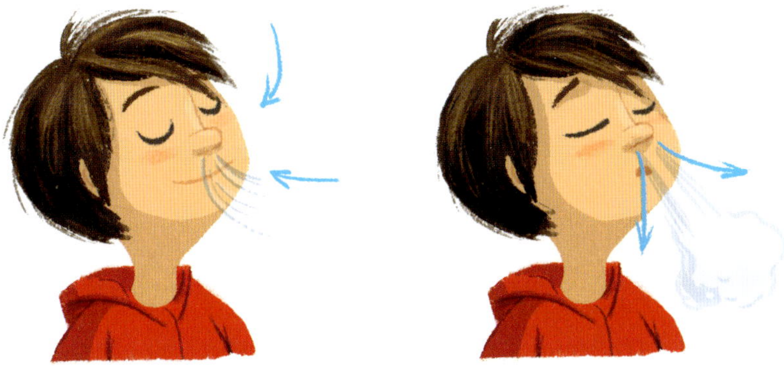

3) Practicar la respiración profunda. Las personas en situación de pánico tienden a intensificar su ansiedad respirando de forma entrecortada. Cerrar los ojos, respirar profundamente por la nariz y exhalar con lentitud hasta sentirse tranquilo es un truco infalible.

—Vale, ahora ya lo he entendido —asintió Verónica—. ¿Y qué? ¿Habéis encontrado algo dentro del túnel?

—Un botón y una caja de chicles como la de... —por un instante, a Javier casi se le escapa también el nombre de Miguel, pero una mirada furibunda de su hermano le hizo rectificar a tiempo—, igual a la que encontramos el viernes.

—Pues yo he encontrado otra —dijo Verónica, sacándola del bolsillo del vaquero y mostrándosela.

—No tenías que haberla tocado —le recriminó Diego.

—¡Ay, es verdad! ¡Se me olvidó! —exclamó ella, fastidiada por haber fallado.

—No te preocupes; al menos, podemos sacar las huellas de la que encontramos nosotros —la consoló Natalia.

—¿Sabéis hacer eso? —se sorprendió Marcos.

—Pues claro. Somos detectives —alardeó Javi.

—Me gustaría ver cómo lo hacéis.

—Huy, eso es secreto profesional —le respondió Verónica, vacilándole.

—Bueno, vámonos ya, que aún tenemos que averiguar de dónde ha salido el bulo que nos incrimina —les cortó Pablo.

En el trayecto de vuelta, los caballos iban a un trote vivaracho, con ganas de galopar. Tenían prisa por regresar a la finca, y había que contenerlos para que no llegaran echando el bofe.

Habitualmente, en cuanto salían a la carretera central, que era muy ancha, y los niños les rozaban con el tacón de la bota, los caballos iniciaban un galope arrebatado y se picaban unos con otros, como si se tratara de una carrera del hipódromo.

Por eso, a los animales les fastidió que, en lugar de darles caña, los obligaran a pararse en el cruce de caminos, y ofrecieron algo de resistencia, culeando, con gran horror de Natalia.

–¿Qué hacemos? ¿Vamos a la cabaña de Satur? –preguntó Javier.

–A esta hora estará en el bar. Es domingo –dijo Marcos.

–Pues entonces vámonos al pueblo, a ver si logramos averiguar de dónde diablos ha salido el dichoso bulo –decidió Diego.

–Antes hay que avisar a papá y mamá –le recordó Verónica.

–Vale, pues rapidito –asintió él.

Como si hubieran entendido sus palabras, los caballos, que estaban ya nerviosos por llegar, salieron disparados.

Marcos se puso en postura de *jockey* y arreó a Polka con las riendas, hasta sacarles a los demás cierta ventaja.

Verónica, que iba montada en Yerma, desistió de picarse con él, pues no quería que Terrumi se alterara y se pusiera a dar coces en el aire o incluso a los caballos, como solía hacer en esos casos.

Era muy prudente y evitaba cualquier maniobra que pudiera provocar el menor desbarajuste con el que Natalia se sintiera incómoda.

Confiaba plenamente en Lúa, la yegua que siempre le daban a su prima, pero no en Terrumi, que era impredecible.

Cuando llegaron los demás, ya Marcos había abierto la verja y esperaba desmontado a que pasaran todos para volverla a cerrar.

—Creo que ha venido Jonás —les anunció.

Verónica se quedó petrificada.

Lo primero que se le pasó por la cabeza fue que se había enterado de que Marcos se le había declarado y había venido a montar una escena.

Incluso se los imaginó a los dos en un duelo de espadas.

¿Tú qué crees?

¿Por qué crees que ha ido Jonás a la finca?

a) Ha ido a montarle un pollo a Marcos por haber sido un mal amigo y ligar con la chica que le gusta.

b) Ha ido a espiar para ver si sus sospechas de que Verónica y Marcos se gustan son ciertas.

c) Ha ido porque por fin se ha decidido a pedirle a Verónica que le enseñe a montar a caballo.

d) Ha ido para contarles a los primos quién ha hecho correr el bulo de que los habían visto llevando corderos en la canoa.

e) Ha ido para pedirle salir a Verónica.

Natalia mete la pata · 37

Verónica no era consciente de que se le había demudado el gesto de la cara, pero sí sentía que las piernas le flaqueaban. Estaba segura de que sería incapaz de andar al bajar del caballo.

–¿Cómo sabes que ha venido? –preguntó con voz de susto.

–Está ahí su bicicleta –Marcos señaló el final del camino, donde, efectivamente, había una bici tirada.

Al verla, el corazón se le aceleró tanto como el galope al que los acababan de traer los caballos.

Pero no le dio tiempo a pensar nada más porque, antes incluso de llegar a la casa, Jonás ya había salido a su encuentro al oír sus voces.

Dentro se oían los ladridos histéricos de Jazz, que también quería salir, pero nunca lo dejaban hasta no haber desensillado los caballos, para evitar que le dieran una coz.

A todos, excepto a Verónica, les sorprendió verlo a él solo, sin su hermano gemelo.

—¡Ey, Jonás! ¡Qué bien que hayas venido! —exclamó Diego, con una amplia sonrisa, pensando que él podría darles la información que precisaban y les ahorraría tener que ir hasta el pueblo.

Pero el gemelo no le devolvió la sonrisa. Estaba muy serio, en tensión.

Más tenso incluso que Verónica en ese momento.

Su rostro reflejaba una gran contrariedad.

No obstante, Diego hizo como que no se daba cuenta y le señaló la caseta.

—Vamos a desmontar y atar los caballos —le dijo.

Él los siguió hasta allí.

Y sin esperar siquiera a que hubieran desmontado, Jonás les anunció con el ceño fruncido:

—He venido a contaros algo importante.

—Ya nos lo ha dicho Marcos —dijo Pablo, bajándose de Venus.

—¿Marcos? —se extrañó él.

—Les he contado el bulo que ha corrido por el pueblo que los acusa de haber robado los corderos —dijo mientras iba hacia él después de haber atado las riendas de Polka en una de las anillas.

—Precisamente íbamos a ir al pueblo ahora para averiguar de dónde ha salido semejante bola —le informó Javier, desmontando a Brownie.

—Ha sido Leire quien lo ha hecho correr —respondió Jonás, compungido, casi para el cuello de su camisa.

—¿Leire? ¿Por qué? —se sorprendió Marcos.

Sin embargo, a los primos no les extrañó en absoluto, pues supusieron que lo habría hecho para que las sospechas no recayeran sobre su hermano.

Solo tenían la duda de si ella estaba también en el ajo o lo había hecho simplemente para compensar que había metido la pata al decir que Miguel había perdido el collar de cuero precisamente el día de los robos.

–Lo hizo por venganza –musitó Jonás.

–¡¿Venganza?! –exclamaron los primos, ahora sí muy sorprendidos.

Jonás bajó la cabeza.

Se notaba que estaba haciendo un esfuerzo titánico por contar algo que no le apetecía lo más mínimo, pero se sentía obligado a hacerlo.

–Está celosa porque le gusto yo y a mí no me gusta ella –dijo, poniéndose rojo hasta la raíz del pelo.

Verónica se había puesto igual de roja que él, temiendo que en cualquier momento soltara su nombre.

–¿Y por qué la paga con nosotros? –preguntó Natalia ingenuamente, sin darse cuenta de que su pregunta lo ponía en un aprieto.

A Verónica le hubiera gustado amordazarla, pero ya era tarde.

–Pues... porque... porque... sabe que... me gusta tu prima –balbuceó con la mirada clavada en el suelo.

Sentía un incendio dentro de su cara.

Y el tono granate de su piel lo reflejaba.

Verónica, por su parte, se había quedado como la raíz de un olmo centenario, aferrada a la tierra, incapaz de mover un solo músculo.

Sentía como si alguien le hubiera arrancado la campanilla de cuajo y su garganta ya no pudiera volver a emitir un solo sonido.

Deseaba que se abriera la tierra en ese instante y la engullera.

¿Tú qué crees?

¿Qué crees que va a ocurrir ahora?

1. Los primos hacen partícipes de sus sospechas a Marcos y Jonás.
2. Marcos y Jonás tienen un enfrentamiento.
3. Marcos y Jonás ponen en un aprieto a Verónica al obligarla a elegir entre los dos.
4. Marcos informa a Jonás de que Verónica y él están saliendo.
5. Verónica sale corriendo.
6. Los primos y Marcos dejan solos a Verónica y a Jonás para que hablen.
7. Jonás se marcha en la bici, muerto de vergüenza, sin dar tiempo a que nadie diga nada.
8. Alguno de los primos cambia rápido de conversación, centrándola exclusivamente en la investigación.
9. Marcos se marcha con Jonás para contarle que también él está enamorado de Verónica y es correspondido.

Dudas ·38

Durante unos instantes, la tensión se hizo tan insoportable que hasta los pájaros dejaron de piar, como si fueran capaces de percibir la gravedad y el alcance de las palabras de Jonás.

Cada uno de los niños esperaba que fuesen los otros quienes rompieran ese silencio tan incómodo, pero ninguno quería meter la pata ni, mucho menos, herir los sentimientos del gemelo.

Los primos eran conscientes del penoso esfuerzo que había supuesto para él esa confesión, y le estaban sumamente agradecidos porque hubiera dado la cara por salvarlos, aun a riesgo de la delicada situación a la que se había expuesto.

Incluso Verónica, pese al marrón que le había caído encima, no podía menos que reconocer su buena acción.

Se hacía cargo de lo mal que lo debía de estar pasando en ese momento.

Ella se habría muerto si hubiese tenido que hacer pública semejante confesión.

Pero, a pesar de la empatía que sentía en ese momento hacia él, no era capaz de emitir una sola palabra.

Su garganta permanecía muda, como las de los demás.

El sol desapareció entre los árboles.

Venus movió la cabeza arriba y abajo, impaciente por que le dieran su cubo de avena.

Pero los labios de todos permanecían sellados.

Aquel clamoroso silencio pareció durar una eternidad.

Sin embargo, fueron solo unos pocos segundos.

Lo rompió Diego.

–Muchas gracias, Jonás, eres un buen amigo. Nunca olvidaremos lo que has hecho por nosotros –le dijo.

–Bueno... me tengo que ir... adiós –balbuceó él.

Y salió disparado hacia donde había dejado su bicicleta.

Los primos no trataron de retenerlo, pues se dieron cuenta de que lo que más deseaba en ese instante era desaparecer del mapa.

A Verónica se le partió el alma.

Le habría gustado poder recompensar su lealtad de algún modo, pero no podía traicionar sus sentimientos y decirle que también a ella le gustaba, cuando no era así.

Le caía genial. Era un chico estupendo, pero con él no había ese revoloteo de mariposas que se producía en su estómago al ver a Marcos.

Apenas acababa de iniciarse en el amor y ya le parecía extremadamente complicado.

Resulta que uno podía herir a alguien sin tener arte ni parte.

—Espérame, te acompaño —oyó la voz de Marcos.

Y todas sus alertas se dispararon.

¿Iría a decirle que se le había declarado?

¿A mostrarle su apoyo?

¿No hubiera sido mejor, en ese momento, dejarlo a solas con su dolor?

¿Le contaría Marcos que la había cogido de la mano y ella había buscado una excusa para soltarse?

¿Afectaría esto a la amistad que tenían con los gemelos?

¿Se enterarían todos los del pueblo de que Marcos y ella estaban saliendo?

¿Y lo estaban?

—¡Uf, menuda tensión! —resopló Javi cuando desaparecieron los dos.

—¡Pobre Jonás! ¡Qué mal lo ha tenido que pasar! Me da penita —comentó Natalia.

—Para que luego diga Verónica que no pasa nada —redundó Javi.

—¡Ya os vale!, ¿no? —se enfadó ella, y corrió, con lágrimas en los ojos, hacia la casa.

—Anda que tienes el tacto en el culo —regañó Pablo a su hermano.

—¡Pero si era por quitarle tensión al asunto! —se justificó él.

—Ya sabes que mi hermana lo pasa mal con estas cosas. Se lo toma todo muy a pecho. Y para ella ha sido un trago.

—Y tanto —asintió Natalia—. Solo espero que Marcos y Jonás no lleguen a las manos.

—Espero que no —musitó Diego.

—Venga, vamos a sacar las huellas de la caja de chicles y del botón y a pensar la estrategia que tenemos que seguir —propuso Pablo para levantar los ánimos.

¿Te parece que la huella digital de la caja de chicles y la del botón son iguales? ¿Hay algo que te llame la atención?

Flipando en colores ·39

Una vez que los niños desensillaron los caballos, les prepararon los cubos de avena y los soltaron.

Después entraron en casa para coger todos los bártulos de tomar las huellas y la lupa que había pertenecido a su abuelo.

Era una lupa enorme, antigua, con el mango de bronce labrado, que pesaba bastante.

Les encantaba utilizarla, porque siempre les traía a la memoria alguna anécdota de su abuelo y les hacía sentir que todavía estaba con ellos.

Era un modo de revivirlo.

—¿Os acordáis de la noche en que el abuelo apagó las luces del salón y nos mostró un gusano de luz con la lupa? —recordó Pablo.

—Sí, fue muy chulo —corroboró Diego.

—Pues yo empecé a leer gracias a ella —mencionó Javier—. El abuelo me retaba siempre a descubrir palabras.

Mientras subían las escaleras, iban desgranando distintos recuerdos de él.

Y, con ese ánimo festivo, irrumpieron en el cuarto de Verónica, donde dormían las dos niñas.

La encontraron tumbada en la litera de arriba, que era la suya. Su expresión enfurruñada dejaba bien patente que estaba dolida con ellos.

–Vamos a tomar las huellas de la caja de chicles y del botón –declaró Diego, sin hacer caso de su frío recibimiento ni hacer alusión alguna a lo que había ocurrido con Jonás.

Sabía que, con su hermana, esa táctica funcionaba mucho mejor que cualquier intento de ahondar en el conflicto.

Efectivamente, Verónica abandonó su actitud de reina ofendida y bajó de la litera para sentarse con ellos en uno de los bancos que había a cada lado de una gran mesa rectangular, donde solía estudiar y hacer los deberes o donde a veces jugaban a las cartas.

Pablo, provisto de unos guantes de goma, fue el encargado de tomar las huellas.

Pero, una vez que las pasó al papel, le dio a Verónica la lupa para que detectara si eran o no iguales.

Ninguno de ellos tenía su capacidad de observación ni su memoria visual. Era excepcional, no se le pasaba por alto el más mínimo detalle.

Verónica colocó la lupa en la primera huella e inclinó la cabeza sobre ella con una actitud muy profesional.

–Es alucinante. Estoy flipando en colores –comentó.

–¿Qué pasa? –preguntaron los demás, intrigados.

—En el corazón de la huella está la marca de la lágrima que tienen algunos en el pueblo.

—¡No puede ser! —exclamó Pablo, arrebatándole la lupa para comprobarlo. Y a continuación gritó—: ¡Ostrás, es verdad!

Todos quisieron verla por sí mismos.

Los niños estaban estupefactos.

¿Cómo era posible que la marca de la secta o lo que fuera eso se reflejara también en la huella dactilar?

Aquello era un hecho paranormal.

Sorprendente. Sobrecogedor.

Los niños se turnaron la lupa en distintas rondas para volver a comprobar una y otra vez que la vista no les había jugado una mala pasada, que no era una ilusión óptica.

La marca seguía allí.

Idéntica a las que algunos lugareños tenían en su piel.

Idéntica a las que habían encontrado en distintos edificios de la plaza.

Idéntica a la que tenía Miguel en la nuca.

Tan anonadados estaban que casi olvidaron examinar la huella del botón.

Fue Natalia quien se lo recordó.

—Nos falta comprobar la otra huella.

Verónica se hizo de nuevo con la lupa.

Primero la analizó aislada, sin compararla con la otra, y enseguida descubrió que no tenía la extraña marca con forma de lágrima.

Después las contempló juntas y vio que además había alguna pequeña diferencia entre ellas.

—Son huellas distintas y la del botón no tiene la marca —les comunicó.

—Tenemos que conseguir las huellas de Miguel como sea para compararlas con la de la caja de chicles —dijo Diego.

—Fuimos tontos. Podía haberlo hecho Javier cuando se metió en su casa —comentó Pablo.

—Es que no sabíamos que iba a tener el morro de colarse en el cuarto de Miguel y hurgar entre sus cosas —les recordó Verónica.

–Puedo volver a hacerlo –se ofreció Javier.

–¡Ni se te ocurra! –gritaron todos a coro.

–Pues entonces puedo conseguir sus huellas enseñándole algo y haciendo que lo toque –decidió él–. Seguro que estará en el pueblo con la peña.

Esa propuesta les pareció mejor a todos.

Javier entró en su habitación y se puso a mirar a su alrededor. ¿Qué objeto le sería más útil para conseguir las huellas de Miguel?

¿Cuál de estos objetos crees que utilizará Javi para obtener las huellas digitales de Miguel?

A la búsqueda de Miguel •40

Como ya era tarde para ir en las bicis, Diego le pidió a su padre que los acercara al pueblo en coche y los esperara hasta resolver un asunto.

–¿A estas horas queréis ir al pueblo? –se extrañó él.

–Es que estamos a punto de dar con el culpable de los robos, pero necesitamos sus huellas digitales para constatarlo.

–¿Y puedo saber quién es el sospechoso? –les preguntó.

–Es un chaval que se llama Miguel, hijo de un campesino. No lo conoces.

A Verónica le hubiera gustado ir con ellos, pero optó por quedarse en la finca para evitar encontrarse con Jonás o con Marcos.

Por ese día ya había tenido bastante. Prefería dejar enfriar el tema.

Natalia se ofreció a quedarse con ella, pero su prima la animó a ir.

–Cuantos más seáis, más posibilidades tendréis de distraer a Miguel –le dijo.

Cuando salieron de la finca, la luz violeta del atardecer había difuminado los colores del campo y desdibujado los contornos de los árboles.

—Oye, Javi, ¿qué has cogido para tomar las huellas de Miguel? —le preguntó Diego.

—Esta caja de chicles. ¡Con lo que le gustan, cogerá uno seguro!

—Pero no son de la marca que toma él; además, son de menta y él los compra de fresa —le hizo notar Pablo.

—Bueno, ya veremos. No creo yo que le haga ascos a un chicle.

—¿Y si no está en el pueblo? —lanzó la pregunta Natalia.

—No seas gafe —le respondió Javi.

—Después de la que lio su hermana, igual se han quedado los dos en casa —razonó ella.

Los niños se quedaron de piedra.

Ninguno de los tres había barajado esa opción.

—¿Qué ha hecho la hermana de Miguel? —preguntó el padre.

—Hacer correr un bulo acusando a otros para salvar a su hermano —respondió Diego, evitando explicar que esos otros eran precisamente ellos.

Y se alegró de que fuera su padre quien los llevara, porque, si hubiera sido su madre, con su mente inquisitiva de escritora, les habría hecho un tercer grado hasta llegar al meollo del asunto.

Carlos se quedó en el supermercado mientras ellos realizaban sus pesquisas, de modo que el primer sitio donde miraron fue en la placita de los columpios, donde solía reunirse la peña al atardecer.

Pero allí no había nadie.

Tampoco estaban en la plaza del pueblo.

Ni en la Peña Cebollera.

Diego propuso buscarlos en los bares. Sabía que a veces iban allí para jugar a las cartas o al dominó.

Encontraron a José con otros tres amigos en el último bar en el que miraron.

No estaban seguros de cómo los recibirían después del dichoso rumor que había extendido Leire.

Aunque Jonás se hubiera encargado de desmentirlo, la sospecha siempre estaría ahí para algunos.

No obstante, entraron y le preguntaron al gemelo por Miguel.

—Precisamente se acaba de marchar. Todavía está aquí su vaso —lo señaló, tan simpático y tan normal como siempre.

Los primos se intercambiaron una mirada cómplice que encerraba toda una estrategia.

Pablo, Natalia y Diego se pusieron a hablar con ellos de pie, de tal modo que tapaban el vaso, mientras Javi lo cogía disimuladamente con una servilleta y, en un rápido movimiento, se lo metía a Natalia en la bolsa de tela que llevaba colgada en bandolera.

A esta se le hizo un nudo en el estómago al notar el peso que caía al fondo del saco.

De pronto, le entró pánico a que la pescaran con el vaso. Nunca se había llevado nada que no fuera suyo de ningún sitio, y ya se veía entre rejas.

Miró en derredor, más roja que un pimiento morrón, para ver si alguien había visto lo que acababa de hacer su primo.

¿Cómo explicaría que el vaso hubiera acabado dentro de su bolsa si el camarero se hubiera dado cuenta?

Le caían goterones de sudor.

En cambio, Javi estaba tan ancho, como si aquello no fuera con él; le faltaba ponerse a silbar.

–Tenemos que irnos, que nos está esperando el tío Carlos en el supermercado –dijo Natalia, deseosa de salir pitando de allí.

Por suerte, José y sus amigos decidieron marcharse también. Se ve que ya habían pagado los refrescos.

Así que ni se dieron cuenta de que faltaba un vaso.

Pero el miedo de Natalia era que lo descubrieran los del bar y fueran tras ellos antes de que les diera tiempo de llegar al coche.

Nunca un camino tan corto se le hizo tan largo.

Estaba deseando devolver el dichoso vaso

No se quedaría tranquila hasta no poder hacerlo.

¿Tú qué crees?

¿Cuál de estos supuestos piensas que va a ocurrir?

a) El dueño del bar los ha visto, les da alcance y los obliga a devolver el vaso sin dejar que se expliquen.

b) El dueño del bar los descubre y los niños le explican todo.

c) El dueño del bar les monta un escándalo, y todos empiezan a acusarlos de ser los ladrones del vaso... y de los corderos.

d) En el bar no se dan cuenta hasta que van camino de la finca.

e) En el bar no se dan cuenta, pero los primos se encargan de hacer llegar el vaso de vuelta.

La interminable espera • 41

Cuando los niños descubrieron que las huellas de la caja de chicles se correspondían con las que había en el vaso de Miguel, casi se vuelven locos de alegría pensando que habían resuelto el caso.

Hasta que Diego les hizo ver que eso no probaba que el sospechoso hubiera robado los corderos.

Tenían que cazarlo in fraganti, o sea, con las manos en la masa, les dijo.

Por eso, al día siguiente, se fueron muy de mañana en las bicis hasta el puente del Naranjo, con la esperanza de que Miguel volviera a las andadas.

Natalia, que continuaba con la preocupación de que los tomaran por ladrones a ellos o a José y sus amigos, les pidió encarecidamente a sus tíos que fueran a devolver el vaso y explicaran al dueño del bar que se lo habían llevado por equivocación.

También Verónica iba con el corazón en vilo, temiendo que en cualquier momento apareciera Marcos.

No lo comentó con sus primos, pero, hasta que no llegaron a la bifurcación de caminos, no la abandonó ese desasosiego.

Una vez que se adentraron en el ramal de la izquierda, respiró aliviada. Si bien no podía quitarse de la cabeza qué habría ocurrido entre Marcos y Jonás.

Poco antes de llegar al puente, bajaron de las bicis y las ocultaron muy bien debajo de unas zarzas.

Después, camuflados con ramas, se apostaron en lugares clave desde donde podían ver la entrada del túnel sin ser vistos.

La espera se les hizo eterna.

Escucharon el reclamo de un cuco.

El de una perdiz.

El canto de la abubilla.

El arrullo de las tórtolas.

El rumor del agua.

El murmullo de las hojas.

El repiqueteo de un pájaro carpintero horadando el tronco de un chopo.

El zumbido de algún que otro moscardón.

El monótono cricrí de los grillos.

Pero en todo ese tiempo, ni un alma se acercó por allí.

A Verónica se le durmió un pie.

A Natalia se le posó una mariquita en la mano.

Javi se rascaba constantemente alguna parte del cuerpo.

Diego arrancaba hierbajos y los dividía en finas hebras que anudaba, o rompía algún palitroque en pedacitos diminutos.

Pablo estaba sumido en sus pensamientos.

La quietud que reinaba en el campo daba la impresión de que jamás una persona había pasado por allí ni pasaría en siglos.

Un buen detective tiene que saber reconocer los distintos tipos de aves y los sonidos que hacen. Ya sabes que cualquier pista importa en una investigación. ¿Eres capaz de identificar las cinco aves que aparecen en la descripción?

Y cuando ya estaban a punto de tirar la toalla, vieron una figura a lo lejos que les resultó familiar.

Una figura con una sudadera gris y pantalones vaqueros que se disponía a cruzar el puente del Naranjo en dirección al túnel.

Era Miguel.

Los cinco niños, cada uno en su escondite, contuvieron la respiración y todos sus sentidos se pusieron alerta.

Como el conejo que ha avistado al cazador.

El corazón les latía tan fuerte que todos ellos temieron que sus latidos los delataran.

Pero, cuando vieron que Miguel se introducía en el túnel, sintieron ganas de gritar de alegría.

Aunque continuaron inmóviles, sin atreverse a hacer el más mínimo movimiento ni apenas respirar.

No había pasado ni un cuarto de hora cuando escucharon el sonido de los cencerros.

Los niños notaron que su espalda se arqueaba como el lomo de un gato por efecto de la tensión.

Sentían los músculos agarrotados.

El latido de las sienes les retumbaba en la cabeza.

Y dejaron de oír los sonidos de afuera, como si padecieran una sordera temporal.

Hasta que los ladridos del perro del pastor taladraron sus oídos.

Los cinco primos se quedaron paralizados de temor.

¿Y si los descubría?

Los perros tenían un estupendo olfato.

¿Cómo no habían pensado en ello?

En la finca tenían un aparatito de sonido ultrasónico que ahuyentaba a los perros. ¿Cómo no se les había ocurrido llevarlo con ellos?

Si el perro del pastor los encontraba, nadie dudaría que ellos eran los ladrones.

Camuflados con ramas y escondidos, resultaban la mar de sospechosos.

Un sudor helado les resbalaba por la piel como si en su interior se hubiera formado un glaciar y se estuviera derritiendo.

El incremento de balidos y ladridos denotaba la cercanía del rebaño.

La tensión iba en aumento.

Los niños albergaban la esperanza de que fueran Zoilo o Rufi; con ellos no habría problema. Sabían que estaban investigando y podrían hacerles una seña para que llamaran al perro de vuelta.

Pero no era ninguno de ellos.

Venía montaña abajo.

Podría ser el pastor de Toribio.

No, tampoco era él.

Era un pastor que no conocían; igual era de algún pueblo vecino.

Cuando se quisieron dar cuenta, ya las ovejas habían llegado al puente.

Por suerte para ellos, el perro estaba demasiado atareado pastoreando al rebaño como para ir hasta donde estaban escondidos.

También el pastor vigilaba atentamente que el paso por el puente transcurriera de manera pacífica, porque no se dio cuenta de que una mano furtiva se deslizaba desde dentro del túnel como una culebra que surgía de la tierra y atrapaba hábilmente un cordero, que desaparecía en un santiamén.

Los cinco primos se quedaron atónitos.

Por mucho que hubieran imaginado que era así como podría haber robado Miguel los corderos, contemplarlo en vivo y en directo con sus propios ojos les puso la piel de gallina.

Pero el ladronzuelo, no contento con uno, no tardó en atrapar un segundo, y hasta un tercero.

Y el pastor y el perro, sin coscarse de nada.

Los niños contenían la respiración, como si estuvieran viendo un número circense de alto riesgo. El más difícil todavía.

Las ovejas se apelotonaban en la estrechez del puente.

Algunas incluso lo cruzaban en el aire, sin apoyar las patas en el suelo.

Pasó el rebaño.

Pasó el perro.

Y por último el pastor, que silbó al perro para indicarle con un gesto de la mano que fueran a la izquierda.

Pronto aquel conjunto desapareció de su vista.

Y el guirigay quedó convertido en un lejano tintineo de cencerros.

Los niños respiraron.

El primero en ponerse en pie fue Javi, que echó a correr como una liebre hasta la salida del túnel, un kilómetro más arriba.

Iba dejando un rastro de ramas, el camuflaje del que se desprendía sin aminorar la carrera.

Al verlo, los demás lo imitaron.

A pesar de la ventaja que pudiera llevarles Miguel por dentro del túnel, no les sería difícil llegar antes que él y atraparlo con las manos en la masa, o sea, en los corderos.

¡¡¡Atrapado!!! · 42

Cuando Miguel asomó la cara y vio a los cinco primos mirándolo con ojos feroces, se quedó de piedra.

En ese mismo instante supo que estaba perdido, que no tenía escape posible, así que ni siquiera lo intentó.

–¿Por qué lo has hecho? –le espetó Diego.

Pero él no respondió, sino que los contemplaba con ojos alelados, como si no supiera qué estaba haciendo allí.

–¿Trabajas para alguien, o vendes tú mismo los corderos? –le preguntó Pablo, sin obtener respuesta.

–Está bien. Si no quieres hablar con nosotros, tendrás que explicárselo a la policía –le dijo Javi.

–Un hombre... Se los doy a un hombre...

–¿A cambio de qué? –le preguntó Verónica.

–Me... me... prometió... una moto.

–Pero una moto vale mucho más que unos corderos –constató Javi.

Miguel no replicó. Se limitó a encogerse de hombros, con la mirada extraviada.

—¿Viene aquí a recogerlos? —le preguntó Natalia.

Miguel movió la cabeza afirmativamente.

—¿Y cómo es? —se interesó Verónica.

—No le he visto la cara, la lleva tapada. Ni siquiera salgo del túnel. Le saco los corderos y ya.

—¿Y sabes para qué los quiere?

Miguel negó con la cabeza.

—Bueno, venga, sal y danos los corderos. Tendrás que devolver estos y confesar que has robado tú todos los que faltan —le dijo Diego.

Javier se sacó un cordel del bolsillo.

—Lo siento, pero te tenemos que atar las manos, por si intentas escapar —le dijo, sin que el chico opusiera resistencia; parecía como abducido.

Los demás se ocuparon de sacar los corderos, que también estaban algo atontados por los efectos de la mimosa púdica.

Mientras se dedicaban a sus respectivas tareas, escucharon unos débiles balidos a su espalda y se volvieron de inmediato.

Se quedaron de piedra al ver nueve corderitos apiñados que los miraban con ojos asustados.

—¡Los corderos! —se maravilló Miguel.

Tras ellos había una motocicleta.

—¡Y la moto! —volvió a decir, estupefacto, como si estuviera viendo una alucinación.

También a los primos les pareció la mar de extraño.

¿Por qué el ladrón había devuelto los corderos robados y, encima, entregaba a su cómplice el botín prometido?

¿Cómo habían aparecido los corderos de repente, sin ruido alguno de motor? Tampoco había rastro de la persona que los había depositado allí, si es que había ido andando...

Los niños fueron corriendo hacia los corderos para comprobar que no se trataba de ningún holograma y que se encontraban bien.

Javier se abalanzó sobre la motocicleta sin soltar al ladronzuelo.

–¡Ahí va! ¡Tiene grabado el nombre de Miguel! –exclamó.

–Mi moto... Es... es... mi moto –balbuceó este, sin dar crédito.

–Sí, la prueba de tu delito –le reprochó Javier.

–¿Cómo sabrían mi nombre? –murmuró Miguel.

Mientras acariciaba uno de los corderos, Verónica tuvo un extraño presentimiento y, automáticamente, miró al cielo.

Un disco de luz que giraba a gran velocidad se perdió en el horizonte en un abrir y cerrar de ojos.

–¡Eh, mirad! –exclamó señalándolo.

Pero en esas décimas de segundo que transcurrieron hasta que los demás alzaron la vista, ya el disco había desaparecido.

–¿Qué tenemos que mirar? –preguntó Pablo.

–Vaya, ya no está, se ha ido –musitó ella, decepcionada.

¿Tú qué crees?

¿Qué crees que puede haber visto Verónica?

a) Un cuerpo celeste.

b) Una nave extraterrestre.

c) Un fenómeno solar.

d) Un holograma.

e) Un truco de magia.

—Bueno, ahora lo que importa es cómo llevamos los corderos de vuelta. No va a resultar fácil —comentó Diego.

—Yo llevo la moto y a Miguel —se pidió Javier.

—¿Y sabes conducirla? —le preguntó Natalia.

—Pues claro, está chupado.

Los demás ataron una cuerda al cuello de uno de los corderos y bajaron andando hasta el puente del Naranjo, procurando que los otros los siguieran.

—¡Mirad, está Marcos pescando! —exclamó Pablo, y señaló la roca en la que se encontraba.

A Verónica se le revolucionaron los latidos del corazón y no pudo evitar ponerse roja.

Como siempre que lo veía, tenía sensaciones encontradas.

Por un lado, cientos de mariposas batían las alas dentro de su estómago; pero, por otro, la asaltó de nuevo el temor de que Marcos y Jonás se hubieran peleado por su culpa.

También le cohibía que Marcos intentara cualquier acercamiento de tipo amoroso delante de sus primos y de su hermano.

En cambio él, al verla, esbozó una amplia sonrisa, sin disimular lo contento que estaba.

¡No podía creer su suerte!

Había ido a la finca al poco de marcharse ellos y se había sentido decepcionado al no encontrarla allí y no saber tampoco adónde se habían dirigido, puesto que habían hecho prometer a Julia y a Carlos que no se lo dirían a nadie.

Instintivamente, tiró la caña al suelo y corrió hacia la singular procesión de niños y corderos que estaba a punto de cruzar el puente.

Llegó sofocado por la carrera.

Y su ceño se frunció al ver las manos atadas de Miguel.

—¿Qué ha pasado? —preguntó extrañado.

—Que te lo cuente él —dijo Diego.

Pero Miguel bajó la cabeza, avergonzado.

Verónica, que estaba detrás de él, no podía apartar la vista de la marca que tenía en la nuca. Era la primera vez que la contemplaba tan de cerca y con tanta nitidez.

Y de pronto tuvo una idea.

Aprovechando que la atención estaba concitada en Miguel y en la motocicleta que conducía Javi, se le ocurrió examinar a uno de los corderos para comprobar si también tenía la extraña señal.

Verónica va a descubrir que todos los corderos tienen la marca de la lágrima en alguna parte de su cuerpo. ¿Eres capaz de hacerlo tú también?

Caso resuelto y misterios en el aire ·43

En el camino de vuelta, los niños se encontraron con el pastor al que Miguel acababa de robar los corderos y se dispusieron a devolvérselos y explicarle lo que había ocurrido.

El pastor los miraba estupefacto, como si le estuvieran contando una historia de ciencia ficción, pues aún no los había echado de menos. Pero no había duda de que esos tres corderos eran suyos.

Escuchaba a los niños con la boca abierta, asombrado de que un chaval se los hubiera podido birlar delante de sus narices sin que ni él ni el perro lo notaran.

Tal era su pasmo que apenas pudo mascullar un «gracias».

Durante todo el relato, Miguel permaneció con la cabeza baja y los ojos clavados en el suelo. Pero, al irse, le suplicó al pastor:

–Por favor, no me denuncies.

Los cinco primos se despidieron de él con prisa, ya que aún tenían que devolver los corderos restantes a sus respectivos dueños.

Pero si ese pastor no salió de su pasmo en todo el día, los demás se quedaron aún más asombrados, si cabe, al enterarse de quién había sido el ladrón.

–Pero, Miguelito, si te conozco desde que eras así –Rufi puso la mano a un palmo del suelo–. ¿Cómo has podido hacer semejante diablura? ¡Menudo disgusto se van a llevar tus padres!

–Por favor, Rufi, no me denuncies –le suplicó él con sus ojos bovinos, carentes de expresión, pero el gesto apenado.

–No te voy a denunciar. Bastante castigo es ya para tus padres lo que has hecho. Además, los corderos han aparecido. Pero espero que hayas aprendido la lección.

–Te juro que nunca volveré a robar nada. No sé qué me pasó...

–Pero... ¿para qué diablos quería esa gente los corderos? ¿Y cómo es que los han devuelto? –le preguntó Rufi con gesto de extrañeza.

Miguel se encogió de hombros.

–Ni idea –respondió.

–Ha tenido que ser para llevar a cabo algún experimento –apuntó Pablo–. Si no, no los habrían devuelto.

Los cinco primos esperaban que tanto los pastores como el resto de vecinos se contentaran con esa explicación, ya que, por el momento, no querían alertarlos acerca de la cantidad de señales y hechos raros que se estaban produciendo en el pueblo y alrededores, hasta no saber con certeza a qué se debían ni quién estaba detrás de ellos.

Aún había muchos cabos sueltos y demasiadas dudas por resolver.

¿Quién estaba detrás de los robos: una poderosa secta, un laboratorio que hacía prácticas ilegales, una mafia, un clan de magos, unos extraterrestres?

¿Pertenecería Miguel a esa secta y no podía decirlo, o solo se habían servido de él?

¿A qué obedecían esas extrañas señales? ¿Qué finalidad tenían?

¿Cómo habían conseguido proyectar imágenes que parecían reales y luego desaparecían?

¿Qué clase de piedras eran esas capaces de emanar destellos de luz? Por mucho que Pablo hubiera tratado de imitarlas con la brillantina y la resina o con el huevo y el láser, no provocaban semejantes destellos.

¿Y cómo era posible que a la foto que habían hecho de la piedra le hubiera desaparecido la señal de repente, cuando al principio sí estaba?

¿Y qué era aquella extraña luz que habían visto dentro del río y el disco de fuego que había divisado Verónica en el cielo?

¿Y a quién pertenecían las huellas alargadas que había cerca del túnel de salida?

Esa noche, los cinco primos estuvieron hasta las tantas despiertos, haciéndose todas estas preguntas y tratando de descubrir algún hilo del que poder tirar para seguir investigando.

Tenían un sentimiento agridulce.

Sin duda estaban satisfechos de haber resuelto el caso y de haber podido recuperar los corderos, pero todavía quedaban muchos misterios en el aire.

Fue entonces cuando Pablo se arremangó la camiseta y les mostró un tatuaje en el brazo idéntico al que tenían muchos de los habitantes del pueblo.

Los otros cuatro se quedaron helados, sin sangre en las venas.

–¡Ay, Pablo, te han hecho el tatuaje de la lágrima! –exclamó Verónica, horrorizada.

–¿Cómo y quién te lo ha hecho? –le preguntó su hermano, tan espantado como su prima.

Pablo se encogió de hombros.

–Deberíais revisaros. Igual vosotros también lo tenéis –les advirtió.

Las niñas corrieron a su cuarto, donde había un espejo de cuerpo entero y donde se miraron a fondo hasta el último recoveco de las orejas.

Pero, cuando regresaron al cuarto de los niños y vieron que se estaban riendo, se mosquearon.

–¿Qué pasa? Nos habéis gastado una broma, ¿no? –se escamó Verónica.

–Fue Pablo. Nos engañó a todos –le informó su hermano.

Entonces este, para hacerse perdonar, les explicó que era un tatuaje temporal y cómo se lo había hecho.

Hacer un tatuaje temporal

Materiales:

- Una hoja y un bolígrafo
- Esparadrapo o celo
- Algodón
- Acetona o quitaesmalte
- Polvos de maquillaje traslúcidos o maicena

Instrucciones:

1) Dibujar el tatuaje que quieras ponerte en una hoja. También puedes buscarlo en internet (buscando «tatuajes temporales» o «tatuajes falsos») e imprimirlo.

2) Recortar un cuadrado alrededor del tatuaje, poniendo cuidado en dejar un margen suficiente de papel blanco a los lados del dibujo.

3) Pegar dos trozos de esparadrapo o celo en los bordes del cuadrado, de manera que la parte adhesiva sobresalga lo suficiente como para poder pegártelo en el cuerpo. ¡Procura no pisar el propio tatuaje con el esparadrapo!

4) Pegar el cuadrado en la parte del cuerpo en que hayas decidido llevar el tatuaje, con el dibujo de cara a la piel.

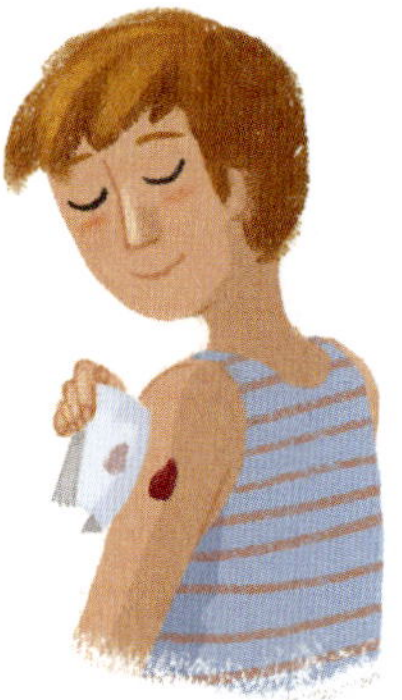

5) Poner encima un algodón muy empapado en acetona y presionar unos segundos (como la acetona es un producto irritante, hacerlo siempre bajo la supervisión de un adulto y nunca más de unos segundos).

6) Levantar el algodón, despegar el papel y ya tendremos el tatuaje sobre la piel.

7) Espolvorear la maicena sobre la piel para terminar de fijar el tatuaje.

Los siguientes días, el campo recuperó su paz habitual y los niños no volvieron a ver nada fuera de lo normal.

Por suerte, entre Marcos y Jonás no llegó la sangre al río, sino que este último se retiró al ver que no tenía nada que hacer y los dos continuaron siendo amigos, aunque su corazón siguiera pillado en secreto por Verónica.

Los primos hicieron una pequeña fiesta en la finca e invitaron a toda la peña. Únicamente faltaron Miguel y Leire.

También Marcos los invitó otro día a la suya.

Así que tanto él como Verónica tuvieron ocasión esos días de tontear abiertamente y bailar juntos, además de compartir su pasión por los caballos.

Cuando se quisieron dar cuenta, habían transcurrido las vacaciones casi sin enterarse, tan bien como se lo habían pasado.

Tendrían que esperar a otro momento para volver a juntarse en la finca y seguir investigando todos los misterios que aún quedaban por resolver.